被窩裏的蛇

2023年12月初版

作者——秀實

編者　余境熹、林懿秋、李沛廉
書刊設計　Fanny
出版　初文出版社有限公司
manuscriptpublish@gmail.com
紙藝軒出版社
sales@paperhouse.com.hk
印刷　柯式印刷有限公司
香港北角屈臣道4-6號
海景大廈B座605室
電話：(852) 2565-7997
傳真：(852) 2565-7838
發行　香港聯合書刊物流有限公司
香港新界大埔汀麗路36號
中華商務印刷大廈3字樓
電話：(852) 2150-2100
傳真：(852) 2407-3062
海外總經銷　貿騰發賣股份有限公司
地址　新北市中和區中正路880號14樓
電話　886-2-82275988
傳真　886-2-82275989
網址　www.namode.com
ISBN　978-988-76931-7-8
定價　港幣120元　新臺幣480元
Published and printed in Hong Kong
香港印刷出版

名家推薦

詩人寫的小說，值得期待。

——紫鵑

秀異的敘述結構與策略，使得這帶有後設況味的小說，散射出城市情慾的流動節奏。〈三城之慾〉的A-I之間，枝葉般地相互疊覆、掩隱，既暗喻又坦然流淌。詩人外遇了小說，卻令我驚豔與讚嘆。

——巴代

秀實的小說散發一股灑脫不羈的風：用一塊塊方格文字，編織成密集相連的片段。片段拼湊成的故事，宛若訴說一段段靈與慾的頌歌或嘆息調。只有浪遊於都市，行走於人群以外，方才擁有於這佔居一隅的陰幽況味。

——有馬二

本來要說一個好看了事。情節有穿鑿的，再看但覺虛得有情，實得有致。寫澳門寫水漫書店，這水就來得清涼。筆調絮絮的也是娓娓的，喙不斷難得頭緒不亂。再說氣長句短，不一路迤邐就不是風格秀實了。是好看的，遊園一匝回望還是不得不喝一聲采。

——鍾偉民

繼《蝴蝶不造夢》後，秀實新作《被窩裏的蛇》以實驗體短篇小說矚目。其述說中大量運用數字與字母，讀者如進入了Cyberspace。小說等同藝術，創作者不應被道德世俗倫理等觀念所束縛。秀實小說能引領讀者輪迴地獄天堂，其感官式的苦與樂，遊走現實與超現實間。小說這門藝術，創作者不是上帝，不是魔鬼，他更像伊甸園的蛇。

——蘇曼靈

目錄

遇虎記

遇虎記

①

我懷著一個秘密，一直不曾對人說。

約一個月前的某天，我徹夜無眠。凌晨五時半左右，手上的工作暫告一段落，百無聊賴中，便想不如到石梨貝水塘晨運去，順道看看猴子。我搭上86A通宵專線小巴前往。感到意外的是，十六個座位的小巴，竟然客滿。我僥倖上車了。但在石梨貝水塘下車的，卻只有我一個。當我朝司機喊「前面水塘路口下車」時，全車的乘客都以詫異的目光盯著我。

甫下車，朝路往內裏看，四野岑寂。欄杆，樹丫，路旁，亂石，都沒有一頭猴子。我惦量著，難道城市的猴子已習慣了懶床，不早起的嗎！但我是來晨運的，管不了那麼多。便沿著山路逕朝林中走去。這是個郊野公園，全名叫「金山郊野公園」。2009年出版的《香港巴士大典》一書有記載：「金山郊野公園座落新界沙田區，佔地達337公頃，以經常有獼猴出沒著名，故又名馬騮山。每逢假日吸引不少市民前來遊玩。郊野公園入口設於大埔公路琵琶山段，與九龍深水埗區接壤。公園內共有4個水塘，包括1910年建成的九龍水塘、1925年建成的石梨貝水塘、1926年建成的九龍接收水塘及1931年建成的九龍副水塘。」這都是小水塘，我打算繞石梨貝水塘一匝。約四十五分鐘，便打道回府睡覺去。

天已微亮，清晨的空氣份外新鮮。約十五分鐘便來到水塘邊。我站在一塊平坦的石塊上，看著綠色的塘水倒映著城市微茫的天空，這是何等的寧靜。與樹梢外那一片沙田新市鎮的繁鬧相比，這裏真是桃源之地。雖然徹夜未眠，但此刻卻精神抖擻，心境如過濾了的泉水般，澄明無魚。

我把楠木手杖靠在一株形態奇特的蒼松樹幹上，躺在草坪。四肢攤開，全身放鬆著。天慢慢放光，我的意識逐漸模糊起來。天空變改了，出現了梵高畫裏那種漩渦的情況。然後我昏昏然的睡去。

不知幾許光景，我感到後邊叢林刮起了一陣風，夾著沙沙擦擦的聲響。我想，天快全亮了，群猴終於歸來。我站起來，拿過手杖，往叢林走去。剛走到叢林的邊緣，約三、四十頭大小不一的猴子朝我這邊奔突而至，發出嘈雜的叫吼聲。然後都攀爬上一株巨大的松樹上。那些落下的松針撒滿我身上。

我感到極其詫異。齊天大聖駕到了嗎，為何猴群都落荒而逃！我慢慢往叢林深處走去，朝霞薄弱，幽暗一片。不旋踵，左邊那片小竹林的葉子瑟瑟發抖，簌簌作響。我緩緩轉過頭來，光影朦朧中，竟看到一頭老虎正慢慢自竹林後走出來。

先是露出凶猛的頭，然後是前爪緩緩踏著碎石，隨後是身軀移動著的斑紋，再來是後爪作弓弩狀的提踏著。最後，堅實的尾巴露出來，粗如麻繩。我大吃一驚，竟情不自禁的大喊出來：

「有老虎呀！」

話音甫落，老虎便停頓下來。牠的頭朝我看去。這時老虎的完整形狀呈現在我眼前。那是一頭華南虎。我曾在粵北韶城見過牠們。坐著若生風，奔走時若激流，吼叫時若打雷，絕對是霸王氣派。韶城既有詩人張九齡，也有全國唯一的「華南虎繁育基地」。那年我認識了詩人惠喬，並給她寫了一篇短評〈韶城明月惠喬詩〉介紹她的作品。後來惠喬帶我去參觀華南虎繁育基地。此後我便一直留意有關華南虎的消息。資料紀錄最後一隻野生華南虎已於1994年在湖南被獵殺，則我眼前這隻應是相隔28年後，在野外第一次發現的虎蹤。

我提起手上的楠木杖作防衛狀，雙目牢牢盯緊著前方。此時華南虎也停下來。虎身橫著，虎頭卻是八十五度的朝我。稍作目測，是正朝我而微微右偏。牠額上的「王」字斑紋完整無缺地呈現在我眼前。那實在是太震撼的畫面了。區區一座九龍半島的金山，竟然藏著一頭如斯威猛的震山虎。雙方就這樣動也不動的僵持著，約莫有三分鐘之久。在這段悠長的時間裏，我握著楠木杖的右手一直發抖，隨後是上半身不由自主地顫震，到最後整個人都在打瑟，頻率大概與家中觸電的情況相若，幾乎全身要軟趴下來。難怪猴子都慌不擇路的逃遁，因為光爬上樹是沒用的。只要樹下的老虎咆吼一聲，震山撼嶽的長嘯，枝丫上的猴子無不紛紛墜於地上。

在我快支撐不住時，老虎卻開始慢慢向前移動。在往前移動時，牠的頭仍舊保持八十五度不變，朝我這邊看來。這是一頭猛獸做出來相當奇詭的畫面。我稍稍站穩，保持警戒。待牠的身軀消失於前方的灌木林時，我才回過神來，渾身羸弱的往巴士站走去。這一小段路，仍舊沒看到一隻猴子的蹤影。

探訪猴子不果，卻讓我遇上猛虎。世事總是那樣出人意表。

②

我有兩個「植物性」的異性朋友。喜歡寫分行的東西。我叫她們做詩人。一個葵花，一個鳶尾。

我慣常把朋友分為兩類：「植物性」或曰「纖維質」，「動物性」或曰「脂肪質」。前者會在交往中成長改變，後者則在歲月中把原來的累積。

中秋前，葵花邀請我和鳶尾到她家中作客。瘟疫臨城，朋友少聚，我們馬上答應。葵花在whatsapp中說：

「那天你們早點來，與毛孩們玩耍。吃芝士火腿與英式紅茶。晚上點外賣。」

葵花獨居，一個人飼養了三隻寵物，分別是：一隻狗，Oscar，男性，銀狐種。

兩隻貓，其一是Bella，女性，英國短毛貓，另一隻是蕃薯，男性，英國曼基貓。我從未見過這三隻毛孩，卻一點也不陌生，因為葵花頻密的把牠們的生活照與視頻放在網上。記得最初我觀看Bella的一齣步行的影片時，看著牠從客廳走向房間那種步姿，便有一種難以言說的奇怪感覺：

「Bella的舉止神態表明牠不僅僅是一頭貓！」

那天我和鳶尾來到葵花的住處，是下午三時三刻。大圍與繁華的港島銅鑼灣等地相比，只能說是個城鎮，而因為這樣，節日更具傳統的氣氛。我懷著愉快的心情按響門鈴。待門打開不到一半時，Oscar便隔著鐵門朝我怒吼。我說吼，不說吠。因為Oscar此時確如猛獸般凶猛。但牠的吼聲不實，表明內心的怯懦，不敢主動攻擊眼前的敵人。

我們在沙發上坐下。邊吃下午茶邊聊天。Oscar顯的十分不安，沒有一刻歇下來。牠總是走到我跟前，朝我狂吠，又走回房間內，如是往復多次。葵花說：

「動物都有不可思議的直覺，你一定心懷不軌！」

鳶尾說：「狗看人很準確，能辨忠奸。牠知道你是壞人！」

我當時也莫明所以，辯解無從。但我注意到伏在牆櫃上的Bella，牠一直盯著我，目光很是審慎。而蕃薯哩，卻一直沒看到牠的蹤影。

「搵蕃薯出嚟，佢匿埋喺邊？」

「你哋一入嚟，佢就匿喺按摩椅下面。」

「點解會咁？」

「佢未試過咁樣。」

當時我並不知道，Oscar狂吠不止，蕃薯匿藏不敢露面，是因為我身上存留著的老虎味。吃完下午茶，我移到餐桌上滑手機。相隔不久，Bella跳上來，盯著我，風吹不動。然後牠在我前面的玻璃桌面上橫過，頭八十五度的側著。樣子相當滑稽，我不禁笑了出來。而在笑容仍未收斂之際，我悚然一驚。因為我看到Bella眼裏藏著銳利的寒光。為了緩和氣氛，我用充滿情感的語調，像老朋友般：

「別來無恙，你還好嗎？」

Bella凝神不動。然後緩緩的跳下椅子去。未多久，牠從我側邊的地板走過，依舊是身軀橫著，頭八十五度的朝我。我驟然想到，那不是我在石梨貝水塘遇上的那隻華南虎的姿態嗎！簡直一模一樣，沒半毫釐之差。在晚餐外賣送到前，牠這樣的在我身旁招搖，至少有四、五次之多。彷彿有甚麼話要對我說，而終於我恍然大悟：Bella就是那隻我在石梨貝水塘遇上的華南虎。牠為了隱匿行蹤，化為另一個角色藏身於葵花家裏。

為了完全隱匿不被獵虎隊發現，Bella變身為一隻寵物貓。原來2.3米的身形縮小了，那些粗短而緊密的虎斑，也變為棕灰色。華南虎臉上獨有的「王」字紋沒了，鼻樑是一片白毛。唯一沒有變改的是眼睛，仍舊閃爍的象牙黃中分明的黑瞳。我相信，無人知道Bella本來是一隻老虎，包括牠的主人也被蒙在鼓裏。

為了進一步確實此事，我點開了手機的Google Map，查看石梨貝水塘與大圍的地理距離。竟發現大圍地處於金山山脈東邊山腳下。換言之，兩地都屬於華南虎的活動範圍。事情已經十分清楚了，當日天色微茫，早一晚自葵花家偷偷出走到石梨貝水塘的Bella，回復華南虎的真身，卻意外地被我遇上。那時，牠正趕在日出前返抵葵花家去。

那是中秋節後一天，天邊的月亮更圓更亮，正是民間所謂的「十五月亮十六圓」。聚會結束，我便離開，徒步往火車站走去。穿過一個市鎮公園時，樹影幢幢，陰氣濃鬱。石椅上的一頭橘色貓懨懨欲眠，但在我走近時，卻猛然掙扎起來，如箭般穿過竹籬，往草叢深處奔去。我不以為然，因為我知道，牠嗅到我身上有Bella的老虎味。華南虎是極度瀕危的物種，存活本身便懷有重大的使命。Bella的眼神信任我，我會緊守這個秘密，讓牠可以在這個人吃人的城市裏安然的活著。

當晚我關在「止微室」翻閱資料，看到有關華南虎這樣的一則記載：「形如魑魅饕餮，穿屋逾顛，逾重樓而下，攫其人，必重傷且斃，即棄去，又不盡食也。」我確信，Bella就是當日我在石梨貝遇見的那隻華南虎。因為城市急促擴張，森林面積大幅減退，華南虎以另一種方式，懷著重大的使命在這個城市裏苟渡餘生。

並且，我會多來看牠，因為我已然體會到牠那種王者的孤寂！

（2022.1.15午後1:20將軍澳爆米花購物中心KFC。）

春到桃隴

春到桃隴

①

一條省道穿越這個城鎮。這個城鎮叫桃隴鎮。

省道旁商戶林立，路邊泊滿各式各樣的機動車，最多的是摩托車與三輪車。穿州過省的大卡車晝夜不停路過，敲鳴著響亮的汽笛。夜幕低垂，霓虹招牌次第亮著。一片雜亂無比的人間煙火。

雜亂之外，城西一條小河靜靜地流淌。兩岸槐樹葉子濃密。河就叫桃隴河。與城鎮中心區相較，這一帶卻是清幽無比！

春節過後的第五個晚上，蘇三家裏熱鬧得很。因為既來了遠方的親戚，又來了鄰鄉的好友。二十多個人就擠在他的家裏。喝酒泡茶打牌，喧囂叫聲一刻沒停。

蘇三穿著淡紫色西裝，穿插在親友間，神情興奮高漲。手裏的酒，不時一仰而盡，然後伴隨朗朗的笑聲。蘇三太太卻是沉默著，掛著笑容來應接賓客。有時會偷偷拐進房間，約十五分鐘才又出來。掃掃桌子上的雜物，添添空杯子的酒水。

八時三刻，整個客廳氣氛更為高漲。酒意與夜色更為稠濃。蘇三喝多了，神態有點頹唐，半躺在沙發上。西服上沾滿了花生的碎屑。他侃侃談著年輕時的艷遇。原來蘇三太太是他的第三任老婆了。

桃隴河靜靜地流著，它不知道萬眾歡騰的春節。靠近拱橋墩的那片桃花林雖只剩下三分的色彩，仍然奪目。與城鎮中心相比，這裏一片寧靜，人煙稀少。所以當一個瘦削的身影走過這條拱橋時，就特別顯眼了。

那是鎮裏鄧老闆的大兒子鄧何為。在國道旁開了一家服裝店。服裝店是鎮裏規格最高的。櫥窗內的模特會穿上洋貨。有的款色更時尚，衣領低、領口寬，模特春光乍洩。櫥窗前駐足指點的，男的固然多，女的也不少。

蘇三太太是這店的老顧客。議價論貨間，與何為便談多了。試衣時整理拉扯，彼此愈發稔熟。

服裝店叫「蝶戀花」。大門緊閉。門上的紅招紙寫著「春節休息初八啟市」幾個大字。每年春節，鄧老闆一定都會回到鄰近的水里村，大宴親朋。至初七才回桃隴

②

何為初四便返回桃隴。

他四十三，自己帶一個十七歲的兒子。太太三年前病歿。至今未再娶。服裝店

牆壁上那些照片，模特兒便是他的太太藍蝶。

照片的邊緣都已泛黃，淺色的地方還有著黑點般的塵跡。但何為堅持不更換。蘇三太太曾經說過，讓我來當這時裝模特吧。

那是去年三月末梢，天氣回暖。蘇三太太給櫥窗內一襲橘黃色的連身裙吸引著。她試穿時才發覺寬鬆的領口讓她露出了一塊雪白的胸脯。她說，不買了，這暴露的老公不讓穿。

「妳很喜歡這襲衣服？」何為問。

「喜歡，但買了不能穿！我就臨淵羨魚，看模特兒穿好了。」蘇三太太答。

「可以披一條絲巾，或者用別針扣在衣領上。」何為給她兩個建議。

「嗯！試試吧！」蘇三太太輕聲答。

何為在抽屜裏挑了一條黑色繡上金黃點子的絲巾讓蘇三太太掛上。她在鏡子前嘗試了好幾種結絲帶的方式。沒說甚麼，但一直微笑著。

然後，何為拿出一個金線圈的貝殼形別針來。「因為布料輕柔，太重的別針會把衣服扯歪了，不好看。這款幼線圈的，造型好，也輕巧，而且貼身，與這襲衣服很配搭。」

蘇三太太微笑頷首，但仍舊不語。

「我來替你效勞！」沒待蘇三太太同意，何為便小心翼翼地把別針扣上。

他把扣子打開，右手拈著那貝殼。蘇三太太看著那尖銳的針，心頭有點害怕。

她心裏說，你得小心點，不要把我的胸脯戳傷。

何為左手指尖輕輕把右邊衣領拈起，原本貼在胸脯上的衣袂彎曲了，他很小心的把針尖戳穿了輕薄的布料。然後他拈起了左邊衣領，把針尖穿過去了。他的手指頭與蘇三太太的雪白皮膚始終保持了半公分的距離。在把別針扣上時，何為看到裏面那黑色胸圍的蕾絲花邊。他心裏一抖，手指也隨即抖動，扣了三次才能把別針扣好，以致他注意到左邊胸脯上的一顆小黑痣。

③

桃隴鎮人口約二萬八千人。近年因為經濟日益發達，移民來這裏的人日漸增多，房地產項目也開始蓬勃。地產商的廣告總是這樣說，桃隴鎮是S城的後花園。半年前，鎮政府把一幅靠近海岸的農地賣給了地產商，三年後這裏便會出現第一幢高三十層的大樓。

蘇三太太是鎮裏少數的美人。她只有高中程度。後來去學美容，在鎮裏的美容院裏當了幾年的美容師，也兼做新娘化妝。細心、賢淑，是好媳婦，在鄉間的口碑很不錯。

她辭工後便待在家裏，閒時編織十字繡來打發時間。因為閒，所以吃的多了，睡的也多了。早上攬鏡，左右打量，總覺得自己胖了不少。以前穿普通的衛衣，不會感到胸前的壓迫，現在好像連胸脯也增了一個碼。C杯是有點綁緊了。現在她要把胸罩的扣鈎移到最外那一排，呼吸才會舒坦。

她提著那襲橘黃色的連身裙走過隔壁那間「愛媚兒」女性內衣店。稍停一下便又往前走去。剛才何為替她扣上別針時，她注意到他的手在顫抖。付了款後，她若自言自語般，牆壁上那個女的條件真好，穿甚麼都不難看。

「是我前妻，她已經過世了。」何為語調淡淡的。

「噢！不好意思，觸到你傷心處了。」蘇三太太慌忙說。

「沒事，都快四年了。」何為看著近處那幅照片，「就這件裙子，我喜歡她穿這條裙子。」

裙子的款式與她買的相同，只是圓領與V領的區別。她想，她才更有條件穿V領的。

十字路口的交通燈柱出現了綠矮人，一霎一霎的。蘇三太太匆忙走著。背影消失在大道的轉角處。沸沸揚揚的傍晚開始降臨。

④

蘇三六時左右下班回家。紮實的每一個步履道出了他身體的疲累。幸好明天是周日，可以晚點起床。

蘇三太太正在廚房。她朝客廳喊了聲，「阿三，你回來啦！」歇了一會，又喊，「你先去洗個澡，馬上可以吃飯的了！」

蘇三太太把家務打理得井井有條。煮飯不用說，拿手的還有推拿。這是她年輕時業餘進修的技能。但知道蘇三太太有這種本領的，就老公一個。

蘇三在桃隴鎮邊陲民生大道發電站旁那裏，開了一家汽配廠。蘇三太太未去過那裏，每次她想去找老公時，在電話裏，老公總是說，「那個地方都是男人，地上又汽油又污水，你來幹甚麼啊！」

就這樣，蘇三每天早上七點便出門，晚上六時左右回家。看看電視，泡三五回功夫茶。便躲在房間內拿出手機，刷著那如井口般的七吋熒屏。近日，友儕間流傳這樣的話，蘇三喜歡了汽配站新來的一個貴州女子。她叫青蓮。但這僅僅是個傳聞，從來沒有人看到蘇三與青蓮獨處。

好事者對蘇三太太說，她總是這樣回答。只要阿三每晚回家吃飯便足夠，我們做老婆的只能這樣。

像桃隴鎮和蘇三一家人這樣平凡的夜晚，就這樣過去。陽臺的星子來了又走，陽光的陰影覆蓋了又消融。只是那盆曇花已經五年了，總未見開過。曇花一現，只為韋馱。而在這個經濟蓬勃騰飛的小鎮，無人關心曇花與韋馱的情緣，只好奇蘇三與青蓮間的關係。

這個周日的清晨，蘇三仍在濃鬱的睡夢中，蘇三太太已經起床，對鏡梳妝了。

今天是她中學同學會日。蘇三太太十六年前畢業於桃隴鎮中學。是當時的校花，也是學生會會長。風頭好比城頭當風的旗幟，路過城門的人仰頭都可以看見。

蘇三太太把那件新買的橘黃色連身裙穿上，在鏡子前轉了幾個圈。再作了個扭腰擺腿的姿勢。感到滿意。便轉身出門。

「等會，讓我看看！」蘇三聲音沙啞。

蘇三太太頓了一頓，便轉過身來。「怎麼了！」

「你看，這件衣服那麼暴露，同學會就不適宜穿了。快換過另外一件吧！」蘇三坐了起來。

蘇三太太也沒搭話，換上了白襯衣和棗子紅的半身裙，便推門外出。

傍晚她把那襲橘黃色的連身裙拿到「蝶戀花」去。那時她身上仍沾著歐頌紅酒獨特的橡樹果氣味。

何為正忙著燙衣。直立式的噴氣燙斗冒出了縷縷蒸氣，纏繞著何為灰藍色襯衣上那條白鯨。

蘇三太太進來時，門上響起了淙淙水流聲。何為轉過頭來，看見是蘇三太太，便把燙斗掛起，白蒸氣頓時消失。

「我來換衣服的，」蘇三太太拿出了那襲橘黃色的連身裙，「給我換那件圓領的吧！」

「圓領的已沒貨了，」何為接過衣服，「不好意思！這件V領的不好看嗎！」

「模特兒身上那件不可以嗎？我不介意陳列品。」蘇三太太說，「而且我看你保存的很好，像新貨般。」

「蘇三太太，」何為語調忽然沉下，「不瞞你說，這件衣服是我前妻穿過的。我不能給妳。」

蘇三太太沉默著。蝶戀花內彷彿蝴蝶歇息，群芳靜止。

「作為一個時裝設計師，我也實話實說吧，」何為回復冷靜，「圓領那件，我前妻穿好看，V領那件妳穿才凸顯妳美好的身材。」

「問題是蘇三不讓我穿的那麼暴露！」蘇三太太一臉無奈。

「你就不要經常穿吧，況且這些衣服本來就不是任何場合都適合穿的。」何為解釋。

蘇三太太從狹小的試衣間出來，換上了這襲橘黃色的連身裙。V領間仍舊露出了那小塊雪白的胸脯。這次何為看清楚了，左邊的那點小黑痣特別明顯。

「你就看看怎樣修改，修修領口吧，不要露出那麼多。」蘇三太太羞赧地說。

何為這次無意觸碰到蘇三太太的肌膚，並偷窺到蘇三太太換了一個桃紅色剪裁簡約的「夢芭莎」。

「我就把那個線圈縫在上面，」何為話語顫抖，「這樣既不必每次掛上，又防止春光乍洩。」

蘇三太太再次從「蝶戀花」出來。她心情輕快，早上的鬱悶一掃而空。

⑥

幾日後，蘇三太太又到了「蝶戀花」來。

何為在WeChat上說，來了幾襲新款的套裝，莊重又不失嫵媚，很適合她。並附上了相片。

那時何為正在閣樓的貨倉內工作。他爬在木梯上，肩膊以上埋在閣樓，露出了卡其色七分褲，白色背心。

「蘇三太太嗎！請稍等，我馬上好了。」何為聲音如混雜了塵埃的空氣。

蘇三太太在櫥窗角落的椅子坐下。她端詳牆壁上的相片。下意識中作出了比較。藍紫下巴偏圓、胸脯B杯罩、約1.68公分、神情略帶憂鬱，而我蘇三太太哩，下巴較尖、胸脯C杯罩、略超過1.68公分、神情多點嬌俏。

她突然感到有人在身後，轉身過來時，竟碰到何為的身體。一失重心，踉蹌的便要跌倒。何為扶了她的腰一把，讓她站穩過來。
「不好意思！」何為說。
「沒事，謝謝你！」蘇三太太臉上一抹紅霞。
「嗯，好了，你的腰那麼纖細，今天這件套裝便適合你了。」
站在鏡子前，蘇三太太換上了杏色的西裙，配上了奶白絹紗無袖襯衫。蘇三太太很是滿意，她說，好像回到高中時代。
「這樣穿，看起來至少年輕五年。」何為說。
薄紗覆蓋著蘇三太太胸脯，雖則雪白的肌膚都給遮蓋了，燈光掩映下卻也迷惑蒼生。何為想到左胸脯上那顆小黑痣。他知道，這種女人忠於家庭但又熱情大方。

⑦

蘇三太太把她的十字繡作品拿到「蝶戀花」去售賣。他們接觸的機會因而更多。每次見面，總是找到公事上的藉口。或核對賬單、或商討業務、或貨品交收。再不然就是何為外出辦點瑣事，蘇三太太替他看鋪。
這樣下來半年多，他們更為投契。「蝶戀花」也進行過一次簡單的裝修。大門增加了一塊LED燈光招牌。添換了三個新的衣架和一塊金屬鏤邊的落地鏡。藍蝶的舊相片都用木框鑲好，集中掛在西牆壁上。傍晚日影在牆上，一塊光一塊暗的，然後全然黯落，彷彿一段日子的消逝。

他們沒有私下約會過。最親暱的一次不過是，蘇三太太從家裏拿來了親自熬製的胡椒蠔乾瘦肉湯，給何為慶祝生日。在店裏吃飯時，輕輕吻了他一下面頰。說：「生意興隆。」

⑧

汽配廠外面的廢物棄置場給大雨打得一片雜亂，蘇三坐在籐椅上抽他的「小熊貓」。遠方高架道上的車輛已亮起照明燈。

撐著黑色的傘，青蓮正走回來。雨水打濕了她半截褲管。她笑著對蘇三說：「在想老婆啊！」

「想妳。」蘇三捏熄了煙頭，歇了歇，「國道入口旁開了間鴻發，今晚去吃蒸鍋飯怎樣？」

「你不是每天六時都要回家嗎？」青蓮坐在旁邊的鐵架上，「我一直未見過你老婆。」

「以前是，」蘇三把腿曲在籐椅上，「現在她好像有了兼職，當售貨員，今晚值夜，要九時多才回來。」

大雨不止，水聲嘩啦作響。桃隴鎮好像要給淹沒了。

青蓮身體散發著一種勞動的美，肌肉很結實。有時她會穿牛仔短褲，大腿的肌理明顯可見。

汽配廠也提供簡單的修車服務。所以設有一個簡單的澡間方便工友洗澡後才下班。蘇三建議青蓮去洗澡，換一身乾衣服，然後出去吃飯。

澡間的門不是全然密封，上面留有15公分的空隙。青蓮的洗澡聲傳到蘇三的耳裏，蘇三由不同的水聲聯想到青蓮的洗澡過程。先是嘩啦啦的在沖身，然後是叮咚叮咚的水滴聲伴著歌聲，青蓮在塗肥皂泡。「忘憂草」歌聲完了，嘩啦啦的水聲又作響，她在把肥皂泡沖淨。然後又換成簌簌的水柱聲，她是拿起花灑在沖洗。最後水聲歇止。青蓮是在抹乾身體。

廢物棄置場一輛摩托車的燈亮起。坐著的一男一女消失在草叢後的小路上。

⑨

青蓮從外省來桃隴鎮才八個多月。

這間鴻發蒸鍋店仍在試業。在桃隴鎮來說是高級食府。每晚門外都泊滿了各式各樣的車輛。蘇三的摩托車混雜當中，彷如繁忙海港上的一葉扁舟。

青蓮換上了時髦的裝扮，文化袖短裙馬靴，看來甚麼款式都是次要，她穿著都好看，都有活力。但不同的是，她還化了妝。上妝了的青蓮是另一個女子。抹去了稚嫩，添加了成熟和性感，絕對是有條件站在前枱的女子。

緊身薄料的文化袖把青蓮整個胸圍的形狀浮現出來。那欲墮不墮的線條讓蘇三看著有點意馬心猿。不覺前面的酒杯乾了又乾。一頓晚飯下來，他和青蓮都喝多。

青蓮攙扶著步履踉蹌的蘇三往停車場走去。蘇三說，喝多了，開不動摩托車。青蓮說，我還可以，我載你回去吧。

最終他們租下了樓上新悅來旅館的時鐘房。兩個小時後他們下來，蘇三闊步的走在前面，青蓮緊隨著。天空放晴，晚風吹拂，地上布滿燈火，摩托車如箭穿過馬路。九時，後山的月亮剛升到凹頭岩。

⑩

何為是第二個男人知道蘇三太太會按摩。

在搬動衣櫃時，何為拉傷了腰背。他一直坐著不動。蘇三太太進來時，便注意到他那不自然的表情。

「今天我來遲了，不好意思！」她略為欠身，「你沒事吧！」

「沒事，剛才把腰弄傷了。」何為說，「走路會疼痛。」

蘇三太太拉何為坐在沙發上，雙手扶著邊緣，上身儘量坐直起來。她半蹲下來，把衣袖捲起，在何為兩側的腰間按壓著。有時針對一個穴位雙指壓下，有時帶節奏的敲打著，有時又用掌心來摩擦產生熱能。這樣約半小時，何為感到腰間肌肉鬆弛了，脊椎像堅硬的冰粒在融化。他略為扭動，竟然不怎樣痛了。蘇三太太傳來了輕微的喘氣聲，說：「好了！」

蘇三太太站起來，胸脯的起伏更為明顯。何為看著，一下子回不過神來。直到蘇三太太說，好壞啊，老盯瞧著人家這裏。

⑪

春節來到桃隴鎮。國路兩旁的燈柱掛上了玉如意的繩結，夜間散發著節日的喜慶氛圍。那些曲折的小巷道，家家戶戶的門口也都掛上一個紅燈籠。石板路，水泥牆，幽暗的窗戶，就輕易的讓節日的喜慶漫漶到每一個角落。

時值初五，鎮上節日氣氛開始消退。遍地紅紙屑，殘餘的硝煙味，路旁堆積的垃圾，說明再過兩三天這裏便回復平常的了。

酒酣飯飽，嘉賓們的情緒愈發高漲，有人更唱起卡拉OK來。蘇三太太拿著手袋，與老媽說了聲，便走出門來。

馬路上人車疏落。晚風把燈光吹得髣髴。蘇三太太左手緊夾著手袋，右手撩著散亂的頭髮，往那片桃花林走去。路程約十分鐘。她剛走過了長途車客運站。客運站空洞的售票亭前，一個女子孤單的身影站在這兒，份外引人注目。蘇三太太平日或許會查詢一下，但今次她不作理會，逕往前走。

她終於看到了那片桃花林。路燈幽暗中，四野無人。拱橋柔軟的弧度在夜晚讓人覺得迷惑。她逐漸走近。何為在拱橋最高處的身影開始清晰了。她心裏便緊張起來了。她知道，這只是開始，而她不敢去想，結局怎樣。此時蘇三酒後的一句話，浮現在她腦際間，「相士說，我將會有第四任老婆。」但她一直沒對蘇三說，也是那個天道館的相士說，「你命犯桃花，得再嫁才有幸福。」

晚風中，桃花間歇地飄落。再不久，春天會盡，桃隴鎮會迎來炎夏。

（2016.2.13-14惠陽淡水南海明珠酒店603房。）

襲擊貓熊

澳門三部曲之一

襲擊貓熊

澳門三部曲之一

貓熊館周一閉館，我對惠兒說，今天去不了，明天早上去吧。

惠兒說，要不我們趁晚上沒人時，偷偷爬進去。

我笑個不停，最後抱著腰伏在桌子上。這讓惠兒感到怏怏不悅。她竟然狠狠地拋下這麼一句話：

「要不今天見到貓熊，要不以後都見不到你！」

我們在碼頭區的那間泰式餐廳吃過飯後，惠兒便載著我，開車逕往貓熊館去。車子橫過波浪形的跨海大橋時，一輪明月分分明明的掛在右角落。我藉著這個難得的時機，向惠兒說，要不改到黑沙灘賞月吧，多好的月色！

「可以，」惠兒說，「但今晚賞月後，我們就不再見面了！」

「你想念同鄉，我諒解！」我咭咭聲地笑。

惠兒瞟我一眼，表示很不滿我的態度。她加大油門，賓士房車在圓盤左二的路口拋出，然後竄到填海區筆直的馬路上。不久，貓熊館的綠色標誌牌出現在左側。

「帶上礦泉水吧，」我說，「走累了可以坐下來歇息，喝喝水。」

除了幾盞幽暗的燈火外，整個園區漆黯一片，僅能約略分辨到樹叢與路徑。我在鐵柵外窺探，那座售賣紀念品的尖塔型建築物上的小窗，透出亮光。

「我們從山腳那邊的後門爬進去吧。」惠兒顯得很興奮，剛才的不快一掃而空。

「會有值班警衛哩！就在門口看看，便回去吧。」我不無擔憂，「你在大學工作，這種行徑被人知道不好吧！」

「囉唆！」惠兒不屑的樣子，「無膽匪類！」

「嗯嗯，好了，」我順手抱著惠兒，「乖乖，我請你去吃糖水吧！」

惠兒別過頭來，說，「你不進去嘛，我自己進去。」

我慌忙說，「來，我與你一塊爬進去！」

而惠兒這句話，竟然成了後來我們間生死訣別的關鍵。原來惠兒已經查探過，貓熊館晚上五時關閉，只有一個警衛留宿。但當值的警衛都住在警衛室，不會出來巡視。大概他認為，沒有偷進貓熊館的，這裏既沒錢財，也沒珍貴的物件，任憑怎樣的無聊長夜，也沒人會偷進來的。

欄柵不高，左右各鑄上一塊貓熊形狀的裝飾。左邊那隻是坐著啃竹葉，右邊的也是坐著，沒事幹，眼睛瞪著前方。一個髹漆上紅油的「請勿擅進後果自負」的標語牌用鐵線圈掛在兩隻貓熊中間的門環處。惠兒踏著右邊的貓熊，一下子翻過去了。我也隨著翻過去，但在跳下地時，左腳扭傷了。勉強站了起來，但只能一拐一拐地走著。

「怎啦！」惠兒神情很是關心，疚歉的說，「都是我任性，一定要進來。」

「放心，我走兩步便沒事，」我認真地說，「你想看貓熊，我一定陪妳。」

惠兒緊緊抱著我。明月此時已升到媽祖山上去了。時間接近凌晨，風吹過竹林，有點涼意。天階夜色涼如水，我輕輕推開惠兒，說：「我們要去看貓熊了！不然它們都睡覺去！」

警衛室門前的燈火仍亮著，把紅磚地照出一個光的圓形來。但窗戶的燈已黯。從後門到貓熊館仍有十分鐘的路。當中要經過一個竹林和一座鳥園。惠兒憐惜我，攙扶著我在慢慢走。她雖講理卻更重情，與剛才車上的判若兩人。

夜間的鳥園寂靜得聽見絲絲縷縷的風聲。風穿過竹葉，篩濾出繁雜而瑣碎的五音。天籟細訴之中，我們不發一言地走著，心裏滿是興奮。此時此刻，正適合放鬆身心，享受野外的寧靜與舒適。但我們渾然不知，危機正一步一步接近我們。馬上我們會被一隻體重約一百五十公斤的大貓熊襲擊。而後來我們才知道，貓熊館在閉館一小時後，便把關在籠裏的貓熊放養在園區，任由它們自由走動。到早上六時，才由工作人員趕回籠裏。

我們貼著竹林邊緣的小路上前行。竹林深處沒有一絲亮光，但隱隱傳來沙沙聲，黝暗中若有移動的物體在其中。我安慰惠兒說，不要怕，動物都在籠子裏。

突然，一顆石子滾動到我們前面的路上。惠兒呀了一聲，右手緊緊地握著我，我感到她沾濕了的肌膚，心裏也顫抖了一下，因為我很清楚，沒有外力這塊石子是不會無緣無故地從竹林中滾出來。但我也只能說：

「不過是一塊石頭吧！」

當還差一個彎路便抵達貓熊館時，離我們十公尺左右，一隻巨大的貓熊立在我們前面。貓熊陷在黑眼圈中的雙眸在月色下發出利刃般的光。我也不禁倒抽了一口寒氣來。惠兒愈發靠近我，身子幾乎要倒在我懷裏。若是平日在房內，我會順勢摟著她，讓她好好地歇息，但此時我必得作出最基本的防衛措施來。我右手往背囊裏翻，掏出了一把雨傘來。左手握著惠兒，在她耳畔輕聲說：

「不要害怕，貓熊是不會無緣無故攻擊人類的！」

只是語氣的軟弱令我也不能相信自己的話來。腦海此時卻勾引出一段有關貓熊襲擊人類的新聞來。2007年10月，一名十二歲少年跳入北京貓熊館內，被撕咬致雙腿嚴重銼傷。幸得當時一名瑞典人扔出一瓶礦泉水引開貓熊，少年才得以脫險。我知道，當貓熊站立起來，便是作出攻擊的先兆。我萬分緊張，把惠兒壓到我身後。惠兒今天穿著了一襲白紗套裙，在慘淡月色映照下份外耀目。我則是一貫的黑色外套，深藍西褲，在黝暗叢林裏若有偽裝保護作用。我盯著貓熊，把雨傘提起，與牠對峙著。

站立著的貓熊不會像站崗的警衛般紋風不動，身體總是左右搖擺著，有如比武的人搖擺著身體般，伺機而動。如是雙方僵持了三兩分鐘，貓熊忽躍而前，並直朝惠兒撲去。惠兒慌不擇路，拋下我逕往鳥園奔去。貓熊緊隨在後，右爪上纏著惠兒一截白布裙來。我持著雨傘緊隨在後。惠兒登上了十數級石梯後，便爬上那個巨大的鸚鵡籠上。我想，這下要完了。惠兒，是我不好，我應該堅持不讓你來看貓熊的。我頹然跪在草坪上，螢火點點在我四周，但我無暇念及所有浪漫的事情來。

爬在鐵絲網上的惠兒露出我稔熟的白皙大腿來。一隻藍綠色的南美鸚鵡受驚發出了嘎嘎的鳴聲。貓熊在下面徘徊。不時朝惠兒方向仰頭吼叫。我想，惠兒已無路可逃，因為貓熊是最擅長爬樹的，其速度要較地面奔跑還快。貓熊徘徊打圈，是蓄勢待發，判斷最快奔上高處的路線。此時，一瓶礦泉水從我背囊滾出草坪，我猛地醒悟過來，便拾起來朝貓熊處擲去。不偏不倚，正擲中牠的鼻子上。貓熊身體傾倒一下，然後便朝著我疾奔而來。我馬上掏出另一瓶礦泉水來，朝貓熊的額頭又是一擲。礦泉水瓶像流星錘般直擊在貓熊的額上。貓熊一驚，便往竹林那邊遁去。驚魂甫定，我抱著惠兒走回後門去。警衛室門前的燈仍亮著，紅磚地上圓形的亮光仍舊不變，彷彿一切未曾發生過。

我扶著惠兒坐在醫院的候診室內。惠兒的雙腿因為逃跑時多處擦傷。我輕撫著，惠兒滿不好意思的說：

「這兒人多，別人看到多難為情哩！」

「又不是沒有撫摸過，」我說，「歷劫滄桑，還有甚麼好怕的。」

在回去的車程上，惠兒半譏笑半認真的說我是「打貓熊英雄」。我微笑著猛搖頭。我知道，要不是另一隻貓熊仍在籠裏玩著繩網，來不及出來。我與惠兒都將成為貓熊爪下的亡魂。這是後來我聽到當日值班的警衛也是我舊時好友說的。

「有時，玩耍也有它的重要性！」

（2018.1.29凌晨3時，澳門新口岸維景酒店1521房。）

水淹書店

澳門三部曲之二

水淹書店

澳門三部曲之二

下午三時半我已抵達這間附設於理工大學的書店。我喜歡書店的名字。記得兒童時代有一本小說名著叫《星星・月亮・太陽》，寫三種性情各異的女性。後來拍成電影，大幅的宣傳板聳立在通衢大道上，這個情境成為回憶當中少數深刻的印記。而世間女性就僅僅這三種嗎?可惠兒都不屬於其一。

星光書店在一邊的角落上開設了咖啡座。我數算過，僅有四張桌子與十二張椅子。因為多次在這裏等候惠兒，乃有閑情逸致仔細觀察。咖啡座緊貼著的文學類書架，很適合我這種愛咖啡和文學的人磨蹭時光。點一杯黑咖啡，隨手拿一本高行健或莫言，那便讓悠長的時間捉襟見肘起來。惠兒每次都會遲到，但並不表示她輕於信諾。我很理解，她這類主動熱情的老師，總會在課後招惹一群飛蛾撲火。而後惠兒來了，劈頭一句總是說：

「今天想去哪裏?」

這個城雖小，但新奇事物卻不少。每次我們總是想到要去的景點來。這次我想去東望洋燈塔。燈塔一直給我極大的思想維度。它包含了人世間的「信望愛」。東望洋燈塔的說法很籠統，其實當中包含了教堂、炮臺與燈塔三個截然不同的建築體。也即我說的信、望與愛的組合。教堂與炮臺都建於1622年，惟獨燈塔在1864年建成。那倒冥冥昭示了一個大道理。我曾對惠兒說：

「不能一開始便說愛，那不實際。先得相互給對方有信任和希望，然後發生出來的愛才是真愛。」

「教堂和炮臺建於四百年前，燈塔不過百五年。有教堂的信與炮臺的望之後二百五十年，方才產生出燈塔的愛。」

「所以，拜託你不要老問我愛不愛你。」

我在咖啡店翻看著澳門旅遊局的單張。看到這樣的記載，「東望洋燈塔是中國海岸第一座現代燈塔，其所在地面位置之座標值亦為澳門於世界地圖上之地理定位。」我感到真的很了不起耶。燈塔雖則小如單棟民房，其光輝卻如夏雨後的螢火蟲，耀目迷人。燈塔側那個小教堂也有極其動人的名字，叫「聖母雪地殿」。想到今天下午，我得與惠兒去一趟。心裏滿是溫暖。

書店大幅的落地玻璃窗外，飄起雨水來。以致街景模糊一片。這一片區我比較熟悉。外邊是高美士街，對面是一幅建築地盤。地盤左側便是聞名的金蓮花廣場。再往外，即茫茫的南中國海的邊緣。印象中，這個地盤已挖掘到地底五米深，看來不久一座宏偉的酒店便將矗立在這裏。

書店內客人不多，烹飪書架甬道上站著一位架眼鏡的女士，另一邊教科用書旁則有兩個大學男生在喁喁細語。咖啡座的服務員跑到收銀枱前，兩個女的在交頭接耳。我不由多注意烹飪書那邊的女士。她架眼鏡，燙直髮，專注於一本彩色的時尚西式食譜。我在想，要不她不知道外邊大雨滂沱，要不她失婚，一個人獨居。所以這種天氣仍有心情琢磨烹飪術。

天氣丕變，馬路已見積水。新福利巴士駛過時，輪胎如水車般濺起了漩渦來。水深迅速增長達一米了，並以潮汐般的節奏淹沒了行人路且沖向書店的玻璃門來。玻璃門抖動著，不時發出滋滋聲響。而雨還不歇止地傾倒而下，我想，惠兒是來不了。窗外除了賭場那強力的霓虹燈光外，世界都模糊不清。惠兒現在怎樣呢！想著想著，我遂有了如下的三種假設：

A　仍在辦公室與學生聊天，垂下窗簾子根本不知道外邊暴雨成災。

B　水淹機房，被困在升降機內。

C　停車場成為澤國，被困在車裏，動彈不得。

我逐一分析，情況A是最好的，至少她仍安全。情況B還不錯，沒生命危險，只是失去自由幾個小時。情況C最不堪設想，可能我是沒法見她最後一面了。我又進一步分析，情況B也未見樂觀，假設無人知曉惠兒被困，時間一久，她也有可能窒息而歿。情況C雖則惡劣，但危機中可能出現轉機。若惠兒能拿車，則說明當時水淹情況並不嚴重，如果車子仍能開動，則惠兒應該脫險了。但無論怎樣，我都異常憂心，正欲收拾背包離去找惠兒時。擱在咖啡杯上的手機震動了。惠兒給我發來訊息，正好是四時半：

「我現穿過避雨廊過來，雨好大啊，打到我半邊身都濕了！」

這說明惠兒仍是安全的。我心頓然一寬，復跌坐於椅子上。腳一踏地，便感到腳下一泓水來。一本《浮世畫家》如一只舢舨已漂流到我腳下。原來水已淹進書店來。我環顧四周，戴眼鏡女士、大學生、咖啡店服務員、收銀員都已不知去向。我不知道，所有人是撤離了，還是書店提早關門。不論何者，結果只有一個，則整個書店只剩下我一人。猶豫間水已淹到我膝蓋處。書架在搖晃著，書本如樓上的小人兒，陸續跳進水中，赴義的面孔上都好像書寫著相同的文字。「這是怎麼回事！」

水勢洶湧，前面門口是不能離開的了。回頭看看後門，還沒有給雜物堵塞。我決定挪移到後門去，伺機脫險。我又想到，我與惠兒約好了在這見面，危難時這樣離開合適否。諸子書裏有一則「尾生之信」的故事，此時浮現在我腦海中。尾生與他所愛慕的女子相約橋墩下，不料洪水驟至，水位上漲，橋上的人都叫他離開，他為了堅守信約，抱著橋墩不走。終於溺斃。這則故事有一個重點沒有人談論過，則約會的地方。橋墩是僻靜之所，他不約橋頭相見，顯然別有所圖。一字盡之：色。惠兒雖美，但我不貪圖。這種情況我只關注她的安危。糾結間，出現了極為雜亂的水聲來。我朝大門看，原來那聳立著的玻璃置物架整個倒塌下來，上面不同形式的亞加力膠獎座紛紛掉進水裏去。我有點慌亂，忙不迭夾著背包後撤。此時水已漲及腰間，挪動並不容易。整個書店已陷入一片汪洋之中。所有的都在漂浮著。水淹星光，想像中是如斯浪漫，眼前一切卻絕對慘烈。我狼狽至極，左手抱著背包，右手撥開漂浮著的書册，艱難向後門靠近。外邊雨勢不止，傾瀉而下，好不駭人。我心慌著，說不定惠兒來到，看到的我是如斯的下場，身體半懸浮著，雙眼安詳地闔上，而四周都是書。

距離後門大約還有二米之遙。但橫亘在前邊的是一個矮木架。這個架子原來置放的都是歷史與傳記類的圖書。眼前許多的歷史人物圖像此刻都沉溺在水中。「滾滾長江東逝水，浪花淘盡英雄」兩句詩，成了現實的寫照。甚麼風雲人物、十大元帥、開國功勳、扭轉歷史的政治家等等偉人，此時只不過是一塊平板浮蕩在波浪裏。我竭力把這些偉人撥開，好讓我有一條生路通往後門去。水位再升，已到我胸口來。動蕩洶湧中，一來一回間常把我往後拖去。我把背包放在肩上，因為沒有固定的物件可攙扶，只能慢慢移動。情況不堪目睹，唯一令我感到安慰的是，此時雨水意外地停了。雨聲已滅，一切寂然。

「雨停了！」

那是惠兒的聲音啊，我夢裏都分辨得到。我朝聲音搜索，終於在一個漂浮著的書架後面找到惠兒。惠兒握著門的把手，蹲在一張金屬椅子上。她也看到我，舉起右手並大喊道：

「你看，我買給你的葡國蛋塔變成這樣的了！」

惠兒右手紙盒內六個葡國蛋塔已糊爛了。但我看到還有一個仍略為完好，便嚷道：

「還有一個完好的，我餓了，你給我吃吧！」

水退了點，惠兒坐在椅上，裙袂浮在安靜的水面，如一朵白蓮。她小心翼翼，取出那個完好的，放在三個紙托砵上，然後輕輕的往我那兒推去。

天色微昏，小小的葡國蛋塔如一盞黃色的燈塔，浮在海面上。我想及那曾經說過的話：

「教堂和炮臺建於四百年前，燈塔不過百五年。有信與望之後二百五十年，方才產生出真愛。」

（2018.3.2晚7:30香港婕樓。）

牌坊上的秘密

澳門三部曲之三

牌坊上的秘密

澳門三部曲之三

澳門城最著名的地標是「大三巴牌坊」。這背後有一個浴火重生的故事。牌坊的前身是聖保祿神學院裏的一座叫天主之母教堂。後來因為一場驚天大火，摧毀了所有，只剩下前面的一幅牆壁。神差鬼使，如今像極了我國古老城鎮裏到處可見的牌坊。

我和惠兒站在牌坊前的梯階上拍照。深宵十一時，人煙稀疏。水銀燈把白光打在灰暗的磚塊上，讓黝黑四周只有牌坊呈現出虛幻的光芒。左手摟著惠兒微胖的腰肢，右手拿著自拍杆，我卻回頭看著那座巨大而紋風不動的牌坊。約十秒的時間，惠兒用肩膊碰撞我，我知道她的身體語言：

「為甚麼還不按下快門！」

稍為調整一下構圖，咔嚓一聲。甜蜜時光便這樣凝固在一個虛擬空間裏。我和惠兒一起轉身，看著眼前這個巍然聳立的建築體。當中錯綜複雜的雕縷與擺設，讓我感到濃厚的神祕感。但我不諳建築學或說建築藝術，所以說不出來。

「日後我們的婚禮在這舉行，倒是不錯！」我對惠兒說。

「懂不懂一點風水學的！你知道這是甚麼地方嗎，」惠兒挖苦，「這裏是災難現場呀！」

婚姻有時真可能是一場災難。但我想，在這裏拍婚紗照總是可以的吧。這場災難發生在1835年，距今已有一百九十年之譜。時間可以變改一切，包括地運，也包括人的順遂與蹇厄。我扶著惠兒緩緩走下石階。大三巴如巍峨的神殿，在我們身後逐漸變小。街巷的夜色開始濃稠，賭城的華彩逐漸覆蓋了夜空。那急促閃爍的燈光，成了充滿魅力的怪獸，但你願意給他吞噬。時間在這個小城，性情已變的不一樣。不能按分秒來計算，不能按日夜作排列。

回到酒店，身體疲倦。腦海裏殘留著剛才在大三巴旁小公園的漆暗處與惠兒親密的景象。當我輕輕咬著她的左耳朵時，看到那大三巴上如有一個人站立著。他形體不大，約是正常人的三分一，正注視著我的一切。我很是詫異。正要對惠兒說，她卻突然轉過頭，和我接吻起來。她的長髮因為激烈的接吻把我的半邊臉覆蓋著，以致我再看時，那個人已然消失了。

我躺也沒躺下，便打開筆記本，搜尋大三巴的資料。房間的床褥已整理好，昨天的一切已然沒留下半絲痕跡。網絡卻保留了許多曾發生的事件，有關「大三巴牌坊」的詞條在「百度百科」中有詳細的紀錄：

大三巴牌坊前臨68級石階，前壁遺址為23米寬、25.5米高，為巴洛克風格，以花崗岩建成。上下共分五層。底層正門入口處門楣刻有拉丁文MATER DEI，意為「天主之母」，兩側有耶穌會徽。第二層矗立了四位耶穌會會士聖人銅像：順次為方濟各·玻爾日亞、依納爵·羅耀拉、方濟各·沙勿略及雷斯•公撒格。第三層，聖母瑪利亞的銅像矗立在正中，周圍有天使浮雕，綴以七頭龍，並有一艘葡萄牙商船，伴以漢字警句；該層的兩端，設中國獅子樣式的滴水獸。第四層中間，置有耶穌基督銅像，兩側有耶穌受難刑具浮雕。最頂層，以鴿子代表的「聖靈」位於三角楣中央，周圍刻有象徵天際的太陽、月亮和星星。在頂端，還有一枚天主教信仰標誌的十字架，凌駕其上。

旅客只知道大三巴剝落斑駁的表層，對其背後的一切是茫然的。旅遊與享受等值，學問與艱苦同義。世界正朝著精神膚淺化和道德虛假化來發展，這便是正常不過的現象。後來，我更發現一個驚天的秘密：大三巴裏住著一隻面目猙獰的魔鬼。這隻魔鬼體形更小，以致它能躲藏在一艘葡式帆船左船弦的下方。魔鬼為了長期掩護它的匿藏，在那裏栽種了中國牡丹和日本菊花，引開過路人的目光。

一連好幾個晚上，我都向惠兒撒謊，說身體太累，要早點回酒店休息。惠兒好像明白我的意思，一棄往日開放式的穿搭，上不低胸，中不露臍，下不短裙，改為密實的著裝。我們也減少了到處遊玩，多在高級咖啡店中消磨。而待惠兒回去，我便馬上轉到大三巴去。我要把那隻匿藏著的魔鬼揪出來，看過究竟。我帶上了手電筒與望遠鏡，在大三巴下繞行，一匝，兩匝，然後是十幾匝，但一直再尋不出那隻魔鬼來。

舊城區的樹木不多，夾雜在老房子間的都是那種主幹龍鍾、枝葉茂密、根鬚糾結的古樹。那個夏夜我到惠兒工作處的停車場等她。夜幕初降，馬路的熱氣仍未消退。我白色文化恤與墨藍卡其褲的穿搭，靠在灰暗的石柱上。惠兒的車子來了，我一坐下副駕座，惠兒便把手裏一盒黑瑪珈沖劑給我：「應該快吃完吧！再吃，這個對身體好，可以補充活力。」

說畢，車子便投入夜色與燈火爭分奪秒的街道中。

在十月初五街的粵菜館吃過飯，我們隨意的散步著。澳門城的馬路都是石塊路，晚間徒步十分舒適。議事亭前地人流較多，噴水池像極一個無憂無慮的小女孩，在遊玩著跳動的七彩小水珠。但這不過是無邊際的空想，事實是，一個提著花籃的賣花女孩把一枝紅玫瑰遞到我面前。我掏出一張二十元給了她，隨手把紅玫瑰給了惠兒。惠兒把紅玫瑰隨手放在紙手挽裏。我們已然渡過了那種用玫瑰來表達愛意的階段。玫瑰非愛，不過是放在咖啡或茶裏的食用品。

不知怎樣，我們又走進了花玉堂區。夜色中那個牌坊矗立在眼前。這段時間困擾著我的大三巴的人與魔鬼的疑團又復形成。我拉著惠兒走到上回那個小公園去。惠兒明白我的意思，輕輕的捏了我一下。依舊的幽暗寂靜，我們坐在相同的木椅上。

「今晚你累不，」惠兒說，「累的話我們早點回去。」

「我狀態不錯，」我說，「可能最近吃了妳送的保健品。」

惠兒把頭挨靠著我肩膊。我把手攝進她衣服內，感到她身體微微的發燙。而這次我並不在於慾望，目的是要驗證我的推斷。我重複的輕輕咬著她的左耳朵，這是惠兒喜歡的。然後我閉上雙眼，約三秒後再睜開，奇怪的事出現了。我看到當日注視著我的那個人了。他仍舊看著我。我歇力維持著咬耳朵的動作，幾乎把整隻耳朵都咬遍了。然後我看到那人指著第三層右邊的一副刑具。終於我看到那隻魔鬼了。此時它被巨大的麻繩綑綁著，旁邊還放了一件「工」字型的刑具。惠兒開始微微的喘氣，然後推開我。要和我激烈的接吻。我怕那人又在惠兒的長髮後無緣無故的消失，正想拒絕。誰料惠兒竟然撲上來和我吻著。待我回過神來，牌坊便又一切如常。我們踏著月色，穿過瘋堂，在便利店買了些用品，踱步回酒店。

「為甚麼你一直咬著我的耳朵！」惠兒問。

「耳朵痛不！」我說。

「不痛，很舒服。」惠兒語氣略帶興奮，然後她轉過話題，「一場火可以把整座教堂燒剩一個牌坊，這讓我想到歷史上那場楚漢之爭，一把火毀了一座阿房宮。」

「我想起那個縱火者項羽來，」我用截枝的語言技巧，「大學時讀清人賦，有一篇叫〈項王垓下聞楚歌賦〉的，我還記的其中幾句哩！」

「背來聽聽。」惠兒目光牢牢盯著我。

「長離曲且和虞兮，我憐卿卿當憐我；變徵聲都成楚些，人負汝汝亦負人。」我一字一頓的慢慢說出。

「不知你在說甚麼！」惠兒用手捏了我一下。

將近子時，酒店大堂的橙色燈火依樣璀璨。關上房間的門時，惠兒便急不及待的抱著我，把我推倒在四呎半的床上。

（2022.4.16午後3時將軍澳稻香茶居。）

芭比娜的故事

芭比娜的故事

芭比娜說話時聲調很高，以我和她深厚的交情，我可以負責任的說，她的話裏，含有二十巴仙的嫌惡，三十巴仙的不屑和五十巴仙的嘲諷。

和芭比娜曾經共同在城西的綺雲閣賃居。一住就是三年半。那是一個約十五坪的套間。房東是一位失婚的中年女人。當日我們決定租下這個套間，除了因為窗外有一株大葉紫楠外，還有就是在與房東交涉租金時。她拋下了這麼的一項租約條款：

「男人沒有好的，我不容許租客把男人帶回來。」

芭比娜聽了後，竟然鼓起掌來表示認同，並喊著：「對呀！男人都是彆扭的公狗，搖尾時討厭，整天在吠並會咬人。」那時我好奇的望著她，心想，奇怪啊，芭比娜和我一樣，才剛考進大學。沒交過男友，怎會說出這種話來哩，難道她是為了便宜350元的租金，故意附和房東女人的立場？

芭比娜和我同唸一間英文中學。我們都是班中尖子，課後便跑到圖書館溫習。那時我們曾立下誓約，不交男友，要一起考上藍溪山上的雲道文化大學。放榜日早上我們一同坐車到雲道文化大學時，芭比娜雖然緊握著座椅的把手，但車子在山路轉彎搖晃，她的身體仍舊傾斜在我的右胳膊上。我赫然發覺到她豐滿的胸脯壓迫時的柔軟和彈性。我小心翼翼的問她：我們都考上大學，當日的約定可以取消了，妳現在會考慮潘朵拉嗎。潘朵拉是理科班的班長，課業優秀，又是籃球隊和牧童笛隊的隊長。整天都有女生圍著，但他卻對芭比娜情有獨鍾。我必得公允的說，芭比娜也是一枚氣質出眾的美人。十七歲的她燙直髮，舉止有禮，也只有她才可以匹配帥氣的潘朵拉。相對於我而言，芭比娜在室內的行為更為開放。因為套房狹小，除了兩張書桌，兩個衣櫥外，只能放下一張雙層床。我和芭比娜約好，輪流睡下鋪，雙月她睡，單月我睡。我記得大一那年的三月三日凌晨二時，我們點燃著紅燭聊起潘朵拉來。我呷一口玫瑰老樹普洱，用溫潤的語氣直接的問她：

「潘朵拉是不是妳手上的茶？」

那時芭比娜正喝著她的蜂蜜菊花綠茶。她瞟了我一眼，然後低頭看著杯子裏的菊花，緩慢地說出了這麼一句話：

「他有蜂蜜的甜，菊花的雅，綠茶的正氣。」

字音是一枚一枚的跌出來。如一條斷落了的珍珠項鏈那種圓渾聲階。那時我感到眼前這個女子已不是我熟悉的，她在青春的叛逆中有了成熟的思慮。而當我側著頭注視她的表情時，我看到那白色衛衣寬闊的領口內整個的胸脯。在微弱的燭光映照下，那柔軟的突起有著細微的陰影，是那麼的性感誘惑。

潘朵拉考上了美濃河畔的橙粒科技大學。那是一所名牌大學，排名要在雲道之上。橙粒的特色是校園建築物的門沿和窗欄都塗上了橙色。大學四年間，芭比娜和潘朵拉一直保持著情侶關係。我還好幾次跟隨著她到橙粒找潘朵拉。印象最深的一次是大四聖誕節前的一個星期六。那個下午我本來約了同系的一個男生到研究室圖書館討論畢業論文的題目「瓦雷諾的海濱墓園」。但芭比娜拉著我一定要陪她。我拗不過她，拒絕了那個讓我心裏竊喜的男生。鐘聲在大葉紫楠樹間悠蕩，我看到他轉身離去時瘦削如秋菊般落寞的背影。很是難過，並暗裏定下明天回來主動約他晚餐來賠罪。

公車進入平原，便安穩順暢的行駛在密集的樓宇間。到達空曠的美濃河畔，對岸燈粒大學的鐘樓和它的倒影便出現在我們眼底。我感覺到芭比娜的緊張。她的話開始減少，幾乎把右手的空杯子揑壞。我隱隱感到這次約會的重要性，並預料將會有甚麼事發生。潘朵拉條件優秀，但我與他並不熟悉。為了打破靜謐，我隨口拋下了一句：

「為甚麼不喝妳最喜歡的凍青梅芝士綠茶蓋！」

「這個熱檸檬薏米水好喝耶！」

芭比娜嘴角稍微的笑著，但手中的紙杯此時已成了一塊紙團。公車過橋後，便在橙粒大學校門口停下。潘朵拉披著一件褐黃夾克立在風中，如搖曳著的一株冬日胡楊。他一見到芭比娜便小心翼翼地牽扶著她的手走下階梯，路上輕輕摟著她那七十九公分纖腰。我想起導師課時讀過的一首詩，當中的句子：

渴望攜著美人穿過另一個季節
這些游走的樹讓城市更具塵世的慾望
我會抱著美人腰如靠著樹幹，並把它移植到
我的泥土裏。它生根然後枝繁葉茂

記得鍾導師說，大部份優秀的詩歌都匿藏在民間。如今我就像這些精彩詩句以外的多餘部份，緊跟在後。只是我詫異她和潘朵拉的感情已發展到這如膠似漆的地步。我感到芭比娜是幸福的，剛才在車上的疑惑不覺一掃而空。

橙粒科技大學校園內有一個「橙湖」。湖畔有一間橙樹咖啡。我們三人都點了相同口味的Cointreau Coffee，面對午後寧靜的湖面，坐在竹棚下歇息。鳳頭潛鴨在嬉水，紅胸灰鷸貼著湖面在飛翔，芭比娜的話有一句沒一句的恍惚著。一隻蒼鷺帶著日影從眼前緩慢過去後，忽爾芭比娜對潘朵拉說：

「昨天檢查了，醫生說我懷上了小孩。」

此話一出，我感覺完完全全成了局外人。竟然搶先作出了反應：「祝賀你們啊！」當時我沒考量到任何現實上的因素，只是覺得相戀的人懷上了愛情的結晶，是值得高興的。但他們的反應似乎沒有我預期的熱烈，好像給一場濕冷的霧氣籠罩，肢體微微在發抖著。我作出了一個自然的動作，用右手捏著芭比娜的左膊胳，表示對她的支持。後來的話語當然落在他們兩人之間，我只能偶爾搭上一兩句。總結他們的討論是這樣的一個邏輯：

懷孕第二個月，大四最後一個學期開始。

懷孕第三個月，畢業考試期。

懷孕第四個月，提交畢業論文最後期限。

懷孕第五個月，不參加任何系所活動。回南部家鄉結婚。

懷孕第六個月，潘朵拉研究所考試。

懷孕第七至九個月，待在家裏。

懷孕第十個月，寶寶出生。

我感到情侶間那種理性和關懷，一切似乎都很好。我暗暗為他們高興，也想到明天與那個男生的約會，我得好好的安排，也要有一個幸福的未來。但就此事而言，我確實是個局外人，沒有多少賜列其中的空間。有時我會離開座位，走到湖畔，看湖水把城市傍晚的天空作一模一樣的複製，卻又欠缺了原來的真實。

現實生活是有巨大的壓力，當時我並不察覺到，原來倒影比真實的都來得美好。回程時芭比娜心事重重，我理解一個懷孕女生的憂慮，安慰她說，不用多想了，以後我們就出雙入對，你專心學習和安胎，住屋的雜務都我來做，學校的事都我來跑好了！而芭比娜竟然緊接著拋出這樣震撼的一句話：

「我決定不要寶寶了！」

這幾個字徹底把我打垮，彷彿有著千斤之重。這是一個年輕母親對未來的抉擇。無論如何，我只能無條件的支持她。我得再強調，這件事讓我更加肯定不疑，芭比娜是一個無懈可擊的好女生，而那個外表俊朗的潘朵拉，不過是歌手刀郎口中的「一頭披著羊皮的狼」，也應驗了當日女房東口中那句「男人沒有好的」至理名言。騙人的詩句，殘酷的愛情讓我連帶打消了明天的約會。

畢業後芭比娜到了一家外貿公司去上班。有了社會經驗的她打扮起來愈是動人，具有傾城之色。是，傾城之色，百分之九十九的男人滾開，惟有君王才配擁有的傾城之色。雖則如此，她對我的感情依舊如故，口裏常說，妳就是我的親姐啊！我們的感情才是千載不變的。

今天午後一時半，我們相約去看一個畫展。藝術公司把梵高的畫製成動畫的形式展出，譬如「麥稻田上的烏鴉」會飛翔，「路旁咖啡館」的路燈會明滅，「星夜」的星光會旋轉，「阿爾的房間」窗外的景物會流動，更奇妙的是，「十四枝向日葵」會有小如點子的黃色花瓣如雨般落在柔軟的桌布上。這是一次科技與藝術的結合，我和芭比娜都期盼著。更為重要的，這也是我雜誌社的一個工作項目：專題報告。

我們在商場二樓的Zegna見面。Zegna是意大利男裝西服品牌店，估計芭比娜要給男人買生日禮物了。但她沒有勾留，拖著我邊走邊說：

「現在變態男人真多，剛才穿過天橋時我便遇上了一個哩！竟然跟我搭訕，說讓我摸一下大腿吧，我給妳買一杯茶。」

我才注意到芭比娜手裏拿著的那杯喝了一半的凍青梅芝士綠茶蓋！

（2020.3.4午間1:25香港婕樓。）

二十六個字母

二十六個字母

在一次偶然的機會中，X聽到P說的一段話。我已買好了超能膠給C。但這段簡短的話並沒有聲音，因為訊息是在手機屏幕上看到的。X為甚麼不直接說，他從手機上看到這個訊息，是因為他想強調，書寫是有紀錄可以稽查，不像話說的隨風而逝。那個聚會的晚上，X思緒極為混亂，只記得岸邊的一排樓頂處，懸掛著一彎娥眉月。形狀十分清晰堅定。這種堅定，像對賞月的人說，這就是娥眉月。

超能膠能夠將兩樣東西牢牢的粘貼著。只要待膠水凝固，要分開兩者便難乎其難。據說一個掛鈎用了HK牌超能膠貼在磚牆上，可以懸掛著整整十加侖的W牌的蒸餾水。某個廣告更為誇張，是用了超能膠的金屬鈎子粘在天花板上，可以吊起一頭大象。注意，廣告圖上的大象並非大象寶寶，而是一頭成年的非洲大象哩！X注意到，這個廣告的最下面，有一行小字寫著：是項實驗，經大S律師樓派專員現場監察，證實並無作弊。很明顯，P買超能膠是想達到與C如膠似漆，永不分離的目的。

X不相信這個廣告。想到消費者協會去投訴這個廣告的虛假不實聲明誤導公眾。但投訴前X想先做一件事。他決定從泰國買一頭大象回來，用它來拆散P與C這種關係。

X上網搜查了三天三夜，終於找到一家叫M&N的出口公司。廣告上說，代理暹邏國的蜘蛛、鱷魚與大象，業務包括提供相關的物產，安排動物的演出等。傍晚，他寫了一則短訊去查詢。雙方的溝通如下：

有大象寶寶買嗎？

有。正宗暹邏象，幼齡，健康，有獸醫檢查紙。售36萬至70萬泰銖不等。

能運送到香港嗎？

須向入境署辦動物進出許可證明，漁農處辦檢疫紙，並買好保險，便可以入境。以貨船運送，需時約十八至三十天。

感謝，讓我考慮幾天。

補充一下。請注意，幼齡象未有象牙。根據國際保護象牙貿易法第二十六條G與第四十一條I，如飼養是為了象牙買賣是違法的。

好，知道了。

半年後，X終於買來了一頭大象寶寶。這段日子，他遷到新界的村屋去，在屋後的山坡下闢地建了一個象圈。象圈約八十五坪，有水池，有遮雨棚，外邊掘了一道深坑，然後是一道矮鐵欄，最後是一排牢固的欄柵。東邊山腳下，他種植了三排芭蕉樹。

工人用貨櫃車把象送來的那一天。微茫的夜色中象的身影如一座小山丘般移動。它異常的安靜，僅以鼻子探索周遭的環境。×把早已準備好的香蕉擲進欄裏時，象並不急於捲食。它先是搖擺一下身軀，拍動雙耳，才緩緩地把香蕉優雅的放進口裏。這個晚上，×寫下了一首打油詩〈詠象〉：

過河象不飛，安居錦繡園。
日啖蕉廿斤，功用在一朝。

×落戶那條村叫錦繡園，他住的F幢靠著一個小山。大象取名為E。E並非英語ELEPHANT，而是希臘語EGO即自我。×說，自我是人對於其自身個體存在、人格特質、社會形象所產生的一種認知。×進一步解說，×與E的關係，是一致的，其目的是要回復從前的狀況。即EX。×進一步剖析其與E的關係。

在這一年裏，為了好好地飼養E，×不知耗費了多少心血。他讀有關飼養大象的書，掃瞄QR CODE，學習種植一種叫「橘紅蕉」的芭蕉樹。這種芭蕉類的果實叫MV蕉，產量特多，紀錄有試過一株結上百個果實的。葉子寬大。花呈現紅黃兩色。芭蕉逐漸茁壯長大，從二樓房間外望，規模如一個芭蕉林般。E也稍稍長高，直立起來與那株唯一的橘樹一樣高。X摒棄一切酬酢，專心做好這件事。晚上便在二樓的小窗下寫作。X的創作中，以新詩為最多，其中又以愛情詩為主。在一次詩歌高峰論壇裏X說過，最好的愛情詩，是始於愛情而終於死亡。小窗下面便是象圈。E大致上十分安靜，但有時也會在不知情底下發出吼叫聲。經過三個月的觀察，X有了結論，E突如其來的吼叫聲，原因是當晚：A、月亮圓而皎潔，B、風持續的吹向芭蕉林，蕉葉搖曳如有埋伏，C、它疲倦中惦記著夥伴，其吼聲是呼喚同伴。

九月中旬的一個晚上，酷熱中忽然下起滂沱大雨。雨水傾瀉，錦繡園如同澤國。X困在家裏無法外出，只好下廚弄些簡單的菜餚。他在吃著魚丸烏冬面時，忽然想起了P與C來。他念想，他們已然發展到怎麼樣的關係。便拿出拍紙簿來，為此作出了推論：

情況X：仍是好友。會常相約外出或參加社交活動。

情況Y：已為情人。有牽手、擁抱與接吻等親密行為。

情況Z：成為無名份的夫妻，出現孤男寡女獨處一室的情況，可想而知會發生甚麼事了。

他一直回想這段時間內他們兩人的蛛絲馬跡。記得有一次他們三人在T城晚飯後，本來是如往常一樣各自歸家。但P竟然說，想留下來辦些事情。告別了P，X只得與C一併而行。路上C一直在看手機，到L關口時忽爾說，我忘了去買東西，你一個人先回去吧。便消失在逆流的人群中。X推斷，他們是相約留宿在那間國際品牌的U連鎖酒店內。至此他重重拍打著餐桌面，站起來說：

情況Z出現了！

事態驟變，X當下決定了，計劃得提早在十二月進行。他急步跑上二樓的小窗看看E。E的狀態如何，足以影響這個計劃的成敗。雨愈下愈大，彷彿整個世界在毀滅之中。通往樓梯的轉角處懸掛著的一張畫家P（並非X的朋友P）的作品，當然那是一幅購自油畫村的複製品。畫題是《夢》。這是P在51歲時的作品。X特別喜歡這幅名畫。2013年在巴黎拍賣行以天價1.5億美元賣出。X當日是花了150元人民幣買了這張複製品。因為X十分認同P這張畫對精神和肉體的愛的完美演繹。而這畫背後更有一個動人故事：

47歲的P與媚眼金髮，體態豐盈的17歲美少女初次相遇。此後她便一直成為P繪畫和雕塑的模特兒。又過了17年，64歲的P寫給她的生日賀信中說，「對我來說，今天是你17歲的生日，雖然你已度過了兩倍的歲月。在這個世界上，與你相遇才是我生命的開始。」

X在轉角處呆立著，如果不是突如其來的一陣水流傾瀉聲驚醒了他，他不會馬上覺醒要到二樓的窗子眺望E的情況。而當他慢慢把那扇窗門推開時，眼前的情況確實讓他大吃一驚。瀑布般的雨水從山後那塊巨大的岩石兩側如堤壩崩塌般而下，把象圈沖擊出極大的水坑來，而E卻站在水坑裏，手舞足蹈擊拍著雨水，象鼻如一根棍子胡亂揮動著。

E雖然仍是一頭幼象。但顯然它的體力已大大增強了。有時它提起前腳，仰頭揮舞著象鼻，有時又翹起後腿，用鼻子在泥濘地上橫掃。芭蕉林內已無不倒下的芭蕉樹。大雨讓一切都模糊起來。所有事物都呈現出巨大的不確定因素，而唯一能確定的，是E已適合參與他所策劃的一切。萬物都在動搖，此刻X的心卻堅定如鐵。

無論好壞，事情總是會有個了結的。這是二十世紀南美巴拉圭哲學家J所說。打後的晚上，X的生活更有紀律，過著類似「日出而作，日入而息」的農民生活。他把寫詩的時間移到早上。發覺晨早思緒更為清晰，能想及的事物與可能性更多。這時期他寫下了一組白話詩。以那場大雨為題材。

今年12月22日是冬至日，X約了P與C到錦繡園晚餐。他說，買了O型深海魚塊，烹調欖橄油黑胡椒香草魚排，配以白酒，我們三人共渡佳節。當晚天氣有點寒涼，月色皎潔，照人如畫。晚6時，三人齊聚於錦繡園F幢二樓的房間內。為了這頓晚餐，X花了不少心思布置。包括準備了P不吃的臺灣紅鳳菜，C不吃的澳洲山羊芝士。也刻意的不準備飯後湯圓。只是出乎意料，P為C夾上山羊芝士，C為P送上紅鳳菜，彼此都沒拒絕，咀嚼的聲音更是動人。飯後，月色自小窗探進房間，他們也沒提及湯圓之事來。P只顧伴著C一同欣賞月夜山林景致。P忽爾驚呼：

那裏有一頭大象耶！

整晚，X就是等待這一句話。當下他接著說，是我飼養的啦，待會我安排了你們下去餵大象。我準備了一整籮的香蕉哩！P與C都雀躍叫好。

為了這次處心積慮的鋪排，X在三天內把E的食量減半，讓E處於半饑餓的狀態。同時他又準備了一整籮的香蕉，讓P與C可以盡情玩樂，這樣便大大提升了「樂極忘形，忘形生悲」的發生率。

屋簷傳來了響亮的滴嗒之聲，瞬間竟又下起傾盆之雨來。X說，我們就先看看片子，待雨歇才餵象吧。三人擠在沙發上看《花與愛麗斯》，片長2.5小時。X已看過好幾次了。戲畢，每次他都會問同一個問題：你會選最好的朋友，還是選喜歡的女生。當年因為電影的普及，坊間曾流行一句話語：有一種友情叫「花與愛麗斯」。X特別喜歡當中的一個女主角蒼井優。也因為在搜尋蒼井優時，讓他無意發現一個叫蒼井空的AV女優，X自此竟偷偷看起東洋色情片來。映畢，雨仍未止，打濕了窗前小桌上的塑膠花瓶。X說，天公不作美，就撐傘冒雨餵象吧！

三人立在象圈前。才發覺所有的香蕉都被大雨沖壞了。柔軟的香蕉陷進了泥土裏成了泥濘的一部分。基本上已分不出是泥濘還是香蕉。此時因為X走近，E顯得饑餓躁動，鼻子急不及待的伸過來，撩撥著。三人一時間不知所措。忽爾C指著腳跟處的泥地說：

那裏有一根完好的香蕉耶！

三人同時朝腳下的泥地裏看，確實有一根完好的香蕉躺在棕色泥地裏。讓人極為意外的是，香蕉意然呈現出黃澄澄的光澤來。此時景象，像極烏雲蔽天中的一彎娥眉月。X不由地自主想到一年多前的那個晚上。那時發生的一切，改變了三人的關係，也徹底改變了X的生活。他暗忖，二十六個英文字母都已出現，是時候來個結局了。嘴角不禁泛出猙獰的笑意。還未待他有進一步的行動，只見C一箭步向前，躬身拾起了地下的香蕉，轉身便往E的鼻子裏送。這個動作才不足三秒。旋即響起了P的喊聲：稍等，我們先來個selfie。話未落下，P又接著說：娥眉月下的盟約，你忘了啊！空氣剎那間停頓了五秒之久！

要下這樣重的話嗎？C愣了愣，然後晦氣說。

甚麼叫山盟海誓啊！你是信口開河嗎！P毫不退讓。

不就是餵了一根香蕉給大象嗎？你幹嗎火這樣大！C回敬。

對感情我可是謹而慎之，尊而重之。不像妳！P咄咄逼人。

我怎麼了！我怎麼了！C跺腳大喊。

就這樣唇槍舌劍，相互攻防，兩人吵了半小時，X有時假意勸阻一下，有時又故作條分縷析，實則火上澆油。忽然，C狠狠把手裏的雨傘摔在地上，一言不發，拂袖朝大門口走去。X對P說，快去追她。P說，就不追，我要她知錯，讓她回頭。X竊竊自喜說，那你留在這，我追去了！

雨勢更大，錦繡園的馬路上，只見一男一女在路上狂奔。在這約200米的道路上，X一邊追著，一邊在想，這象的威力真大的啊，它戰勝了超能膠！果然廣告都是騙人的。迴旋處的小巴站旁，兩人已走在一把雨傘底下了。

（小說運用英文字母次數統計：A3、B1、C21、D1、E25、F3、G2、H2、I2、J1、K1、L3、M2、N2、O3、P28、Q1、R1、S2、T2、U1、V2、W1、X49、Y1、Z2。）

（2019.12.20凌晨2時於嘉義市耐斯王子大飯店1606房。）

三城之慾

三城之慾

第一章：エ城

八月エ城天氣酷熱，一件汗衣便已足夠進出街巷與商場之中。

早上九時，P仍眷戀那床褥上。陽光從厚重的垂簾後擠入利刃般的一線，沿茶几上的玻璃煙灰盅旁切割。飛揚的微粒子在反光中旋轉而動。P揉揉雙眼，猛然省悟，那是半島南端的一家酒店房間。抓開窗簾一小角，城市那種繁亂景觀便如一隻慌張的鴿子闖進來。

早餐時間快過，P匆匆梳洗便往餐廳去。C與幾個朋友在角落正起勁地聊著，其中一個女的比劃著如指揮棒的揮動。窗臺那瓶絹絲百合花貼在維也納式的樑柱上，映照得C像一位歐洲皇室的偷情貴族婦女。

P拿了煎蛋與吐司，沖泡了咖啡，便走過去與她們坐在一道。

「早安！美女們。」

「你坐進裏面，與芸芸一起，」C說，「今次她男友沒來，你多照顧她。」

P斜瞥一眼，芸芸的甚麼都沒印象，就只記得她那低口領的黑紗襯衣，到第三個鈕扣才別上。半邊白色胸圍都外露了。

「嗯嗯，非常樂意啊！」P自然的掃瞄了C，只見她嘴角微微上掀，得意的笑著，右腳在桌下撩一下P。

C與她們聊著今日的行程。幾個女的意見始終不一致。女士旅途中一個論爭不止的議題，即購物或觀光。後來C表示不參加她們的活動了，說，我還是去看看我表舅好了，來一次H城也不容易，不看他好像不好。

「你是這兒的，當我們導遊好嗎？」芸芸轉過頭來，P看到她白色的胸罩並不緊貼著同樣白色的胸脯。P馬上能判斷，她的一定比C的好看。

C作不屑狀，然後把一片菠蘿片用唇夾著，慢慢咀嚼起來。P感覺到那種熟悉的誘惑。身體不禁抖了一抖。

P與C第一次接吻是在影院。兩小時的電影放映完畢，鎂光燈正重新點亮，兩人同時望向對方，像是想打開同一個話匣子，「影片好看嗎?你有沒睡著了?」但竟不約而同地吻起來了。P感到很意外，進一步的關係在第二次見面時來臨，讓人始料不及。

吻過後，肉體與思想的距離驟然泯滅。漫步海岸時，自然牽著手。下午茶則並肩而坐。晚上十時C便乘機回國，他們把握每分秒，在街角擁吻。驟然相愛，自然感到時間短促。最後一個小時半，他們登上了廢棄了的舊天文台山。平日下午的天文台山，人影疏落，只有幾個長者在運動。山崗上的旗塔安靜地在櫛比鱗次的高樓包圍中巍然不動。樹叢間一幅繁忙的海港，閃爍著日落金光。C把雙腿擱在P的大腿上，二人旁若無人地吻著。如蛇的舌頭相互糾纏，既攻且守。日影漸淡，他們穿越大道的人潮與紅綠燈，返抵酒店。C說：

「他們安排了車，六時半在酒店門口接我。」

「我回房間收拾行李，我們得分手了。你保重。」

「在電梯樓層間。」P說：「待會我下來送你！」

外出了大半天，渾身是汗水。P回房間後，便泡起熱水浴來。在狹窄的沐浴間內，他想起剛才與C的種種情況，情與慾都一併來了。擦身出來，發覺同房的還未回來，又或者提早到了餐廳晚膳，他便撥通C的手機：

「同房外出了，來我的房間吧，1135房。」

P把右眼貼在大門防盜鏡上。走廊筆直的通往幽暗模糊處，不久一個穿桃紅色連身裙，踢著酒店平底布拖鞋的身影出現在魚眼般小圓框內。然後清脆的門鐘聲打響了。如源自P體內清脆的一下心跳聲。

掩上門，兩人便相互扭在一起。先是隔著那柔滑的纖維，然後是水般的肌理，再後是帶著微溫的摩擦。P能感受到那種相近的體溫。吻與喘息聲在寂靜的房間內浮泛著，波紋般起伏有如唱碟機轉盤上的針杆。

他們都恐怕同房的人瞬間回來。動作顯得倉促。在這如咫尺般的光陰裏，C出現了如後的情況。

A　C把包裝褪下，把點心掏出來，左手握著底部，在吃著。吞吐的姿勢如都會上班族女強人般，低著頭快速地把飯撥進口裏。不消一刻她抬起頭來，看著P但卻以眼神來說話，這些話語也只有P才聽懂。「吃飽了啊！」「那你躺下來休息下。」

B　C並沒有平躺下來。反而作出一個奇特的姿勢。她如一只欲跳躍狀的青蛙般，卻只扭動著身體而又不跳躍起來。她有時把頭低貼，有時又張看著前方床頭几上的一盞琉璃枱燈。枱燈仍點燃著，那些色彩不同的玻璃片發出色溫不同的光譜來。

C　C忘形地斷斷續續唱出她一直很少唱的歌曲。以致髮梢間微微地閃耀著水光來。終於她翻轉身來，平躺著。練瑜伽時的那些動作此刻浮現在她腦海裏。她曲起兩腿，雙手交叉護著胸口。就這樣躺著不動。而剎那間，她身體一抖，並從喉間發出渾濁的咯咯聲來。然後房間平靜下來，冷氣機的風聲響著。C軟趴趴的如在失重的狀態之下。她慌忙起來，按次序地穿衣。當季節的桃紅色重新披上時，她才找回屬於時間的存在感，因為榮枯已然經歷。

路燈已經亮起，一盞一盞的向馬路盡頭延伸。C提著拉杆箱，登上酒店的小巴往機場去。P的身影隱沒在繁雜的街道上，瞬間便給重重的夜色淹沒了。

第二章：S城

又是八月，S城天氣同樣酷熱，晚上因為有海風的吹拂，一幅薄薄的棉麻或輕紗下，感覺倒也舒適得很。此刻，P與C並肩在海堤上，朝向繁華的商港。合成獸奇美拉吐出的水柱在燈光映照下，濺射出璀璨光華。

港口的建築群華美壯觀。有十八世紀殖民時代留下來的歐式重樑厚柱的建築，也有極其先鋒的建築美學作品。當中最為矚目的是，三座摩天大樓頂承托著一條不沉的巨輪。古典與現代不同的時間相遇在這裏，建構成這座濱海巨城的獨特風情。

一連三天的會議在海關大樓內召開。來自不同地區的代表被安排到不同的會議廳發言。會議廳內文件影像堆纍，空氣與玻璃廳外園林飛鳥的流動大相徑庭。P坐在最前排。講臺上那個中山裝男子以平穩的語調，誦讀出文件上那些分行的文字。那種陶醉與忘形真是匪夷所思。P回頭看看左手第三排後的C。她安靜無比地坐著，如一個畫中的女子般。天花板上的水晶射燈流淌著銀光，讓所有人的臉容都鋪上一層奇異的光采。P在想，他們應該都是詩人吧。及後，真的有一位長髮披肩的「徘徊者」站在臺上，誦讀起一首叫〈午間的牛津旅館〉來：

午間並無休憩與睡眠只有焚燒著的溫度
這個濱海的城市總令人想擁有記憶中的痛與歡娛
逃離那堂皇華麗的殿堂，如漂鳥與綠草坪在糾纏
細小的話語與微弱的呼息比所有的高談闊論都動人

柔美似水，因為所有的潔淨均由此而生
而所有的骨骼與肌理都像一株秋雨中的樹木
不必叫出名字，在枝丫下走過時便會感到所有的
變改。善良的存在是相互剋制又相互萌生

「我們在門口詢問處等，不耽擱在這兒了！」P在WhatsApp上發出短訊。然後便離開會議廳。不久C也來了。風帶著城市流動的景貌在她身後揚起。

他們從那些路旁咖啡店空著的椅子旁走過，然後走過一幅綴滿塗鴉的高牆。牆

上的右下角，繪畫了一個小女孩的頭，外邊是一朵太陽花。

「給我在這裏拍一張照。」C說。

C身上那襲洋裝，V口領開的很低。側面露出來的弧度可以猜測到整個球體的形狀來。P刻意把春色鎖進LEICA鏡頭內。好讓日後慢慢品鑑。一個印度裔的男人走過，貪婪地注視著。灰黑色的頭巾如一根不停搖動的火柴枝等待一場燃燒。

踅了一彎，是一座古老建築物的長廊，右邊是綠色木框的窗扇，左邊是寬大的方型樑柱，地面鋪上六角型的青方磚。

「給我在這裏拍一張照。」C說。

C燦爛地笑。長廊盡處模糊了景深，凸顯了她的嫵媚與憨態。光陰不規則的透進來，把眼下的一切都幻化為藝術。長廊盡頭有一排長木條作的座椅。髹漆上墨綠。

「我們在這裏拍一張合照吧。」C說。

「都沒看到過路的人，誰給我們拍啊！」P說。

「自拍總可以吧。」C說。

拐角處便是葛士蘭旅館。一幢古老的七層樓，紅色外牆，綠色窗框。他們推開了1109房間。

「我們得趕在四時半前返回去，不然別人會懷疑的。」C說。

「才兩點一刻，時間多著哩！」P邊說，邊逕自伸手到C的胸口裏。一種柔軟溫熱的感覺令他想到死亡與誕生的同樣舒放。往後這個小時之間，P出現了如後的情況來。

D　P在沐浴間內站著。他如戰場上投降的將領高舉著雙手。那些芒果香味的泡沫自他的頸項緩緩而下，穿過腋下，穿過鼓脹著的腹肌與塌陷下的脖臍，再順流而下股間與鼠蹊。彷彿有一塊柔軟而富彈性的海綿體往復來回地摩擦著。漸漸，P發覺摩擦是有軌跡的。像一具活的人體作木乃伊的包裹過程。再後，P感覺置身於奇特的海底，有飛濺的水珠，有黑色的水母，黑色的珊瑚枝。沉溺其間，他曾抱著那黑色的水母讓自己不停地喘息著。

E　P終於爬上岸來。那是一幅白色而柔軟的海岸。他朝左側著身，向著岸上唯一起伏的曲線群。曲線群相互交錯，常以S型的狀況引導他往一個相同的終點去。這些曲線不停在動，有時伏在P身上，有時又像繩索般緊緊把他捆綁著。最終，這些曲線都鬆弛在P的身下。而，平伏的岸留下了不同的窪與坑。

F　P跪下，把頭低垂。露出用力的表情。那像極一幅名畫裏禱告中的主角，那樣的虔誠與專注。但畫圖只能瞬間呈現在牆壁上那幅鏡面上，而馬上P

感到大地在搖晃，他雙手像抱著一個狂風中擺動的物體。而後來這種震動集中於地心一點。大自然狂飆過去，P躺下來，如在一個災場中的倖存者。

電話響起絲絲的鈴聲。C站在房間角落上小聲地應對。背影如一尊白玉般的聖母像，肌膚沾滿水分子的微光。

「嗯嗯！好的，今晚我買回來好了。甚麼顏色的？」

「你自已注意啊！現在開會中，我返來才說吧！」

P躡手躡腳走進浴室來。他不敢馬上扭開水龍頭。浴室鏡中出現了那隔著一層薄薄霧氣的裸體。P凝看著，官能刺激後，有若一個陌生的藝術胴體雕塑。

街道恍如幾小時前的模樣，一切如常。P與C並肩走著。右手一幅草坪地的陽光，左手一幅柏油路的陽光。整個走向黃昏中的城市如一曲藍調，憂傷與快樂並存。

第三章：另一個S城

毗鄰H城是另一個S城。十一月，氣溫轉涼。午後三時三刻，P來到星辰灣濱海酒店的大堂時，已空無人影。櫃枱服務生說，大隊去了參觀古村落，仍未回來。P拿了房咭。便上去休息了。

「我剛到，拿了907房。你房間號碼幾號？」

手機傳來Crazy Kitchen的遊戲聲，P全神貫注地沉溺當中。不久一切安靜下來，浮噪的城市聲音如河汛的滲進。P在夢裏看到了C。C只穿著湖水藍的內衣從一個熱氣球上下來。在約莫三尺的距離時，她停下來，動也不動地。慢慢她的雙腿消失了，身上僅餘的內衣也褪去。P清楚看到她的乳房和私處開始長出鱗片，而雙腿的部分蛻變成魚尾巴。P持著刀向著C走去。C甜蜜地笑著，並說，一起泅游到橋墩那裏吧。

一陣短暫的門鈴聲把P拉回現實。「我回來了!等這麼久，辛苦你了。」C的聲音比她的身影更早抵達P的思想中。P的思想像一個牢固的灰色城堡，等閒的春季並不能降臨其中。而C身上的彩色衣妝是所有的似錦繁花，盛開在這個灰色的城堡內。P緩緩的睜開眼簾，讓世間的光進入。

「你這樣穿好看!」

「你喜歡便好。」

C撲向床上的P。他們隨即摟抱在一起，並且左右滾動起來。安靜房間變成了一個春日的叢林，有吱嗯吱嗯的鳴聲，有沙唉沙唉的風聲，有盛開的花朵和果實。距離晚餐還餘一小時左右，其間P和C出現了以下的情況。

G 兩株樹枝丫相互交纏，其情況與一篇散文詩的描寫恰恰相反。足以印證那種對傳統觀念的背叛。而枝丫的交纏以外，還有兩片葉子的進退交鋒。葉子先是相互的摺疊與旋轉，然後其中一片葉子落下，掉於布滿雜草處。另一片葉子也因為顫抖而落下，掛懸於一枝逆向長出的枝幹上。

H 如兩尾魚在沼澤裏，C與P正相擁著，並把頭埋到對方的尾巴處。有一個詞語叫「相濡以沫」，應是當下情況的恰如其分的描寫。他們的身體好像也具有魚腥線，能感受到水的壓力與溫度而反復掙扎。終於，C鑽上來，在P的耳畔說：「這般經歷有如沒頂啊！」

I P是暴風後一株傾倒的喬木，而C是唯一一株坐下來的叢木，而非菟絲或蘿藤。叢木裏躲藏了一隻善唱的鳥。P叫不出這種鳥的名字，卻熟悉她具有規律的聲音。或衣呀或恩哼，間雜沉濁的唉啊，而最終必以高音階的顫抖音收束。

經歷輪回，城市已然是另一番景貌。夜幕臨近，那些吊掛著的靈魂彷彿一下子貼地了。燈光流彩，蹩踏璀璨之中，P與C並肩走進地鐵站。

接近黃昏，他們出現在城市東部的一個油畫聚落。那裏麕集了千餘家油畫店，形形色色的色彩彷若塗抹在整個部落上。夕照灑在麻石廣場上那尊達芬奇頭像，四周低矮的樓房上彩色斑斕的磚牆一邊明亮一邊黯淡。橫街曲巷兩旁陳列的不同畫作，有如拼貼般連綴為一道景觀。C也習畫，買下了許多相關的工具。在一間繪本油畫店裏。C和畫家交談起來。

「這是原創的嗎？」

「畫是原創，但這張是複印本，只賣八十元。」

後來她發覺到角落裏分別陳列著兩個聚脂雕塑品。一個是剖開了的紅蘋果，一個是僅剩下核心的青蘋果。紅的裏面雕塑了一個蜷曲女體，她雙腿屈曲，把臉埋在胸前。青的裏面是一個沒有頭顱裸身女體，坦然地展露了她動人的曲線。

「來，替我在紅蘋果前拍張照。我離去後，讓你記得我床上蜷曲時的樣子。」

「來，替我在青蘋果前拍張照。我離去後，讓你記得我淫蕩的胴體。」

P看著鏡頭裏的C。她戴著一頂棕色絨帽，如印象派筆法的彩色絲綢外衣。沒有人知道，華衣麗服底下，埋藏著的是一具騷動不息的胴體。P把焦距拉近，看到C塗上桃紅色的雙唇間，那如蛇如火之舌，竟撩動著P身上每一根神經。

回程的路上，萬家燈火。「下次我們在T城相聚吧！」P說。「不要忘記帶上那菱角型的藥片啊！」C說。

（2018.1.19凌晨3:15香港婕樓。）

小小說十篇

小小說十篇

1／班婕妤

在不知名的地方上，我惶恐地尋找那個班房。那是一個班的學生在等待我講授詩歌創作。那裏不是甚麼學校也不是甚麼社區中心。我不知道，城市的發展會變得這樣。我尋找的那個班房，緊鄰著一間茶餐廳，而隔著一條甬道，我看到一間女性內衣店櫥窗內，紙板模特兒穿著的蕾絲內衣。

那是個嘈吵不已的空間。一排的窗都沒垂下百葉簾，雜亂的人影就貼近窗前。但學生們都專心聽課。我用投影片，說詩是我們密不可分的衣食住行。隔鄰的茶餐廳，對面的內衣店，樓上的廉租屋，外邊洶湧的人潮，詩便在其中。寫詩其實不是文字的書寫，我說，是生命的書寫。學生竟無一不明瞭。我看到的，與外面的，都有五官，卻竟是截然不一樣的面孔。

散課的鈴聲響起，四周的商戶絲毫沒有影響。叫賣和議價的女高音，冷氣機和門板開門的機械聲，甬道上的人爭先恐後的擦肩而過。我夾著剩下的講義，隨著人潮魚貫地走在僅容一個人通過的單向小路時，後面傳來男女嬉戲的聲浪。我回頭，便看見班婕妤。她並不是真正的古代妃子，而是我對一個女子的暱稱。她的身後是一個男孩。男孩雙眼很大，笑起時令我想起一塊濃香的巧克力餅乾。

「擺脫男孩，」婕妤對我說，「玩海盜船去。」

海盜船在搖晃著，幅度愈來愈大。船底下人潮湧動，男孩已不知給推撞到哪裏去了。整條船都空蕩蕩的，婕妤坐在甲板最前端處。我看到她雙手緊握著欄杆，頭髮飛揚，卻看不到她的容貌。忽而，海盜船停下。婕妤此時站了起來，扶著桅杆沉默不語。我抬頭看著她，這時，我才看到她的容貌。而那條兩旁都是鐵欄杆的小路上，已空無一人。彷彿外邊已是好深的夜了。

婕妤低著頭，雙眼半瞇著，那是她所能做到最憂鬱的表情了。臉龐的稜角分明，尤其下巴和顴骨部份，我看到那堅定不移的線條。怎麼樣了，我朝婕妤喊。

「你是知道的。」婕妤說。

婕妤棄船，走到我身旁，我回望她。她有了笑容。然後她咕嚕咕嚕說了一連串的話。那聲音，好熟悉，但我不辨內容。

我們在那條曲折的甬道上，走著。一切的色彩都彷彿消失了，只有婕妤一身典雅的顏色，如我初見她時的樣子。

（2016.7.7凌晨2:15臺北公館修齊會館525房間。）

凌晨二時從浴室出來，剛用過玉衡給我的手工皂淋浴。手工皂是馬鞭草混搭沉香，粗粒子的。

睡房點燃著一盞熊爪形的LED枱燈。床上的被褥捲曲摺疊，小方巾、抱枕、書與紙筆等雜物散布其間。香爐絲絲的白煙滲出沉香。長時期失眠的我，料今夜很快便抵達夢鄉。

躺下來，腦裏便想到玉衡。想到那些親暱的話說和動作。玉衡瘦而均稱，像一株秋日的榆樹，有細碎的葉子，也有幼小而綽約的枝幹。我漂泊如季候鳥，遲暮中便想休歇在這些枝丫上。有一次玉衡帶我到邊城的一爿小區。那裏有間露天茶座。我們邊喝咖啡邊談小說。馬路外的海灘，水漸後退，終於露出了難看的泥濘和石塊。

「水底與水面，本來就是兩個世界。」玉衡說。

事情總有一個真相，只是我們能否等待。身軀躺在軟枕，右腿搭在被褥上。我想，玉衡當日這句話，是這個意思吧。有時，我們連幾個小時都等待不了。在這樣的述說裏，時間並不是最重要的。最重要的是，終究會出現什麼真相。假設，你等不及真相的出現，則當日你會把海面視作你所有的認知。你會說出「碧海藍天」和「天涯海角」等等美好的詞彙，而你始終距離真相甚遠。這樣於她而言，在水一方，你始終是個局外人。

而我終究看到真相，但我暫不能述說。因為，我左腳踝處開始感到有東西慢慢鑽進我被窩裏。我猜測，那惟有是玉衡。以前她也曾這樣鑽進我被窩。我聽到她那肌膚與棉被的磨擦如細碎的落葉聲。然後她爬到我胸口，把右腳搭在我小腹上。我開始吻她。我們的吻是獨一無二的。因為每次都會把對方吻傷。然後，在飄蕩的沉香氣味中，我們會嗅到輕微的血腥味。玉衡此時會說，來吧。

但移動的那東西，皮膚沒玉衡的柔滑。玉衡愛泡浴，日夜護膚。年過三十五感覺卻如嬰兒。我輕輕吻在她皮膚時，一直沉默無語。玉衡卻總在這時說，用力吻，把我的靈魂吸吮出來。我不回話。愛是一種行為，而非語言。但過程中若有語言，則會比詩歌語言更具感染力。我在書齋工作時，對玉衡說過，我把你這些話語紀錄下來，便是一首先鋒詩歌了。玉衡笑不攏嘴，而後來她也寫起詩來。

移動那東西逐漸接近胸口，我感到緊張。難以想像打破了浪漫會回歸到怎樣的現實！不是玉衡，那夜裏在床上爬進來的，總不會是一個豐腴美人吧！此刻，我感到翳悶，因為壓在我身上確是豐腴的沉重。我瞥見窗簾外城市的夜空，光怪陸離。兩三顆星子熠熠閃耀，而整個城都黯淡下來。我想到在玉衡居住的城東村附近海邊，也看過類似如斯閃爍的星子。那次四野無人，我們相擁著抵抗寒風。

疑惑中我迅速翻身下床。在凌亂如波濤的床上右角，大蟒蛇一截的身軀出現在我眼前。斑紋極其美艷，不同層次的黑色裏，混雜不規則的橙色塊和藍色塊。我沒有慌亂。我想，這是不是玉衡的夢，我終於進入了她那神秘的領域了！

忽爾門鈴聲響起。我打開大門。玉衡一襲黑色連身裙上的橙藍色塊狀，出現在我眼前。我拉她進房。狹小的睡房裏，大蟒蛇竟消失得無影無蹤。

（2017.4.2凌晨3:15香港婕樓。）

3 ／ 電話亭

城市面貌的變改，常見的情況叫「舊區重建」。我也寫詩，胸襟裏懷舊的百分比高。重建舊區在推倒故舊中也每有倖存者。街角這個電話亭便是其一。電話亭是一個綠格子玻璃小屋。玻璃片中央厚而四邊薄，打電話的人雖不至易容或變形，路過的人看起來卻是趣味盎然。

因為公司搬了，每天早晚兩次，我都會從電話亭旁邊路過。有時我會幻想，關在裏面打電話的，是一頭長頸鹿。它的頸項從電話亭頂蓋穿越出來，把電話線圈拉的綁綁緊。有時又會是一隻松鼠。它跳上電話簿上，一邊啃著核桃，一邊喁喁細語，遍地核桃殼子。

而終於在一個春雨迷濛的晚上，我看到儷洛在裏面。城市的雨，連同濃霧飄浮了一整天。我上班時從地鐵站匆匆穿越新區大廈間的綠化道時，連黃鈴木的樹梢都勾上淡淡的煙霞。那些麻雀群和少數的紅耳鵯，跳躍枝丫間。紅磚地板沾了水光，粘著種籽的顆粒，引來枝頭的食客。這種情味，是古老舊區沒有的。那時凹陷不平的水泥地旁，是各式各樣的舊式商鋪。路邊溝渠堆滿雜物。麻雀群晾在電線杆。

如儷洛這種女子，是適宜出現在新區的。她常披著一道亮麗的色彩。我記得她的嘴角總是撇起，嬌俏而自信。我現在的女友阿丹，嘴巴如那種日本山形縣的櫻桃，接吻時是輕輕的，卻韻味悠長如現在的雨粉。儷洛時尚，難以駕馭，卻又迷人。在拖拖沓沓的時間裏，我們終究分了。分手時，儷洛說，不是為了守候這份情，我知悉我的命，我會選擇單身。而阿丹是屬於舊區的。她瘦如吃剩的魚骨架，胸肋粘附少許肉。但我愛她那種傳統與新派間的擺渡。三、四十歲年齡層的女子，保持舊有抑或接受新潮，往往讓她們舉措失據。我常對她說：

「四十歲前妳抱殘守缺，四十歲後妳要放開懷抱。否則終生都活在晦暗之中。」

現代化的城市，已經很少人光顧電話亭了。電話亭的存在，恐怕僅僅是為了廣告宣傳。這座綠格子玻璃小屋，在晚間的燈火與雨粉飄舞底下，恍如一座孤單的堡壘。空晃晃的燈色底下，那種城市的孤寂與虛無，填塞的滿滿。所以當我看見儷洛在裏面時，我感到極其意外與詫異。此刻她是一個被關在七彩堡壘內的公主。正和被巫婆構陷的王子偷偷通話。我立在一條燈柱下，看著她。密密麻麻的雨粉層層圍困著我，衣衫與胳膞竄動在四周。大廈夾縫間的天空，如有過多的灰濛濛在鼓脹著。我想趨前向她問好。說：

「好久了，仍舊一個人嗎！」但我壓抑著。我想，讓她成為我感情裏的一座圖騰吧！

五分鐘後，儷洛走出來。她那件米黃色的風衣令我想起蝴蝶來。我抬頭，好像數之不盡的黃蝴蝶飛舞在這個城市的上空裏，比焰火更為璀璨。後來，城市回復了它的平常，行人匆匆，如過江之鯽。

阿丹的電話來了。滴答般的鈴聲。她說，正趕來了。停歇了一會，又說，她家裏今晚有要事，又得趕回去。我在嗯嗯著。前方斑馬線的路口，人潮中我看到阿丹散落著的黑髮，向我漂來。我知道阿丹記得，我喜歡她散落不拘束的頭髮。

每次經過電話亭，我總會停一陣子。好像儷洛會在裏面，守護著她那份永恆的孤寂。而現在我牽著阿丹，走向城的另一端。那裏是一個未曾重建的舊區，仍保有舊式的市集和食肆。時光無疑短促得很，新與舊的交替緩慢。當阿丹回家後，我仍是孤寂的。我會一直惦記著那個古舊的電話亭，因為我也永遠在電話線的另一端。

（2017.4.5凌晨3:20香港婕樓。）

4／貓

今天彼德不發一言，躲在書房內。

他把門掩上，只留下一條不足五公分的隙縫來。房間內傳來隱隱約約的聲音。

包括兩種不同的聲波。一是間歇的時緊時緩的鍵盤聲，一是輕輕以日本語對話的男女聲。後者的聲音有時很清晰，以致出現了完整的語句來。

男：會社で殘業だから遅くなる。

（男聲：公司加班，今天我要晚點才能回來！）

女：晚御飯を冷藏庫に入れるね。

（女聲：我把煮好的飯放在冰箱內。）

此時大廳的日照已覆蓋到書架旁的牆壁上。清楚地看到一隻極細小的飛蟲在灰塵飄揚之中的飛行軌跡。先在空中轉了兩圈，然後停在牆壁枝丫的條紋上。再朝十點半的方向爬行。身後的綠色沙發上，置放著一隻打開的行李箱。左邊是一堆凌亂的衣物，散發著濃烈的Triumf彩色增艷洗衣液味。右邊是一些雜物，如剃鬚刨、藥物箱、梳洗用品、拖鞋等等。它們分別散發著不同的氣味，但都夾雜著彼德的體味。當中還有一種雖然淡薄卻難以忘懷的殘留氣味。那是去年三月一個早上，來了一個陌生女子。她笑意盈盈地牽著彼德的臂彎。一踏進客廳她便向我奔來，我馬上竄到沙發後。她的外貌已然忘掉但那蜜桃的香水氣味卻一直殘留在我記憶裏。當她探手接近我時，我一邊後退一邊以右臂擋格。為了躲避這種難聞的氣味，後來我爽性鑽到沙發底下，安靜地伏在地上，直至她離去。也因此忽略了一隻伏在鐵架上的蟑螂，以致三日後我才重新找到它出來，並要弄它至死而止。

房間內男女對話聲歇止，彼德拿著一隻黃色水杯，朝廚房走去。廚房是我最不想去的地方。因為那裏的氣味最混雜最令喉嚨與氣管不舒服。陽臺因為朝向開闊的大街，景況熱鬧空氣流暢，無事我最愛耽擱在這裏。白天看往來不息的路人與汽車，晚上看燈火閃爍飄搖。彼德回房間時向我瞟了一眼，並發出了類似baobao、dada的話語。我不懂他的意思，只有仍舊注視著在那個水盆。它注滿了水，當中疊著二片青色磚瓦，上面放著一隻泥色的陶瓷青蛙。我很喜歡，因為那頭青蛙氣定神閑，搖蕩的水面倒映著一小塊城市天空。吃飽了我常愛靜心閱讀著。

閒著無聊我經過房間門口。裏面男女的對話聲已消失，換來是一些簡單的呻吟伊呀之聲。這聲音我聽懂，是叫春的聲音，但沒我們的嘹亮。從隙縫內看，彼德身體陷進大班椅上。雙腿擱在桌面，一動不動的。

我返回沙發躺在行李箱旁。日影已黯淡，整個大廳的光陰消逝中。我喜愛的夜間即將來臨。那些藏身於暗黑角落的歹類將甦醒過來。我會密切注視著。而彼德，我知道，他或外出用膳，或倒在床上睡覺。我們同居卻近乎各不相干。

（2019.10.19凌晨2:00香港婕樓。）

5／寢室

清晨推窗，外面這個城市剛剛甦醒過來。

蔡宏裸著的身體在稀薄的朝陽下，呈現出肌理的力量。由此可見他昨晚的睡眠素質很好。簾子掩映下的股溝在這樣的光陰底下，如一個蟠桃的凹陷處彰顯了發芽的欲望。

床上的被褥捲疊如一塊吃了一半的綠茶蛋糕卷。白色的枕頭便是露出來的奶油般。左上角依然躺著的是黑色的索尼。這個時刻它特別安靜。蔡宏回過頭瞄了它三次。它依然是沒色彩，沒光影，形狀模糊的，是一件死物而非靜物。

床尾的牆壁上那個掛鐘只有6與12兩個數字。上面鏤刻著一架十八世紀萊特兄弟的飛機圖。時針動也不動的貼在6字左邊的弧線上，分針在右邊東北角處，蠢蠢欲動。衣櫃的趟門沒關上，露出了一半的空位。兩層的設計，上層吊掛著一排深色的西服，並夾雜了一件桃紅色的女裝連衣裙和一件有玫瑰花瓣的碎花睡衣。衣腳處還有一堆薄紗的衣料。下層堆疊著棉被、夾克、枕頭等，比較凌亂。這些物品上面是一個紫色有蕾絲花邊的胸圍。

床伴小几上非常雜亂，要仔細地看才清楚。約五件物品。A、一個有二根煙頭的煙灰盅，B、一個撕開了口的錫紙套，C、一個倒下來的啤酒罐，D、再一個啤酒罐，立著的，E、一個透明膠盒放著一顆藍色菱形的藥片。最後，是兩雙繡上小熊的布拖鞋擱在床的右側。

此時蔡宏轉過身來看著我。我當時仍穿著湖水藍的上班服套裝。踏著粉布魯士藍的高跟鞋。他袒裼裸裎的身體和我端正整齊的穿戴，形成了強烈的對比。我們同時有了反應。他趕緊跑到床沿拿起內褲穿上，而我卻急不及待要脫去外套。

然後我們都相視而笑了。

（2019.10.26凌晨1:50香港婕樓。）

6／紫色長袖衣

我先描述一下這件衣服：

長袖恤衫。棗紅色。品牌是UNIQLO。領後的小布條資料是：XL SIZE。Chest 104-112cm。100% Cotton。Made in China。腰間的小布條寫上：如靠近火源，表面的絨毛可能會著火，請特別注意。墊布熨燙。建議翻面洗滌。深色衣物請勿與其他衣物一同洗滌。請勿在水中長時間浸泡。請勿使用乾燥機。在出汗或被雨淋濕時，會因摩擦而沾色到其他衣物上。敬請注意。

可我先不是在商店的貨架上見到這件衣服，而是在一個夢中。夢是沒有時間的，也就是沒有白天和黑夜。夢裏的事物也是不具邏輯的，也就是事件的發生前後不一定有空間或因果關係。舉個例子。早幾個月的某一個晚間，窗外下起滂沱大雨，聲音雜七雜八，讓我反復難寐。後來我打開了陽臺的燈，在雨聲水光中便模模糊糊的睡了。我做了一個夢。場景出現依次是：海濱一輛行駛中空無一人的公車。然後在繁鬧市集裏的一個摩天輪。那個摩天輪特別的小，像兒童樂園那種。再後是一條暗黑的樓宇甬道中，只有人影沒看到真實的人體來。最後是一個密閉房間的角落，在恍惚的光影裏慌張的瑟縮著。然後我驚醒了。

好了，現在說說，紫色長袖衣是出現在怎樣的一個夢裏！

我到了一個動物園，遇上一隻鹿。牠把手也即右前蹄搭在我肩膊上，碎碎念的一直說，保護我跨過懸崖。然後我從一張床上起來。床褥特別的凌亂。我翻身稍稍把被子平整時，發覺常出現在我夢裏的那個女子竟然窩藏在被子裏。我不肯定那是不是」。她穿著一件連身裙，朝右側睡著，散落的頭髮就如一雙凌亂的鹿角倒映在河裏。

後來她說已把東西收拾好了。我是出門時在走道旁的一個籃子內看到那件紫色長袖衣的。籃子如一個建築地盤的那種籐器，大小可以放下一個成年人。紫色長袖衣沒有任何的摺疊，完完全全的攤開覆蓋著下面所有要丟棄的東西。以致我沒有關注所有其他要丟棄之物，便出門了。

要特別說明的是，這個夢與其他所有的夢都一樣，時間地點，人和事都模糊不清，但有一點讓我駭然驚訝的，是在沒有任何色彩的環境裏，籐器上那件長袖衣卻有著大剌剌的紫色。紫在這個夢中是唯一的色彩。

夢是一個人最真實的想法，於潛意識中呈現，許多時連自己也不一定知道。但我仍舊把這個夢說與情人」。」斬釘截鐵的說，紫便是你以前的女友。這雖然是直覺，但女生的直覺也是科學，具一定程度的準確。這讓我為之再慄然而驚。我一直認為生命裏的紫色已在春風秋雨中慢慢褪減。而其實不然。

至此，你們會提出質疑，心裏竊竊自喜以為找到茬了。我是如何能夠在夢裏把那件紫色長袖衣鉅細無遺的貨品資料弄清楚？可我並不是胡謅。上星期某天晚飯後我一個人在爆米花商場閒逛。給典雅的J買了一件性感的內衣。付過1222元後逆著人流穿越那座大型時裝店的彎曲甬道，在時尚秋裝與新貨上市的區間，無意中發現那掛在衣架上的紫色長袖衣。

紫色長袖衣懸掛在一個衣櫃旁的金屬架上，在那一系列相類的長袖衣裏特別耀目。旁邊是一幅大鏡子。我是先看到自己身上那件反復穿著的灰藍色衛衣上，那頭吃時光的灰色馬。牠仍是在主人如此頹唐的際遇下低頭吃草。然後我看到那紫色長袖衣上極其細小的方格，如同把時光篩漏，成為那些破碎的往事。但我一直喜歡穿深色的衣裝，拒絕其他色彩。而這件紫色長袖衣卻如一面秋風中的旗幟，倒映在清澈無塵的河面上。

晚上我一個人在書齋內。外面風雨飄搖，世道是愈來愈差了。我認為，讀書是最好的抵抗方式。記得莎士比亞有一首十四行詩，當中有一句是這樣的：世道滄桑而愛卻恆久不變。想到J，這個晚上我一宿無夢，一覺醒來窗外竟風光明媚。

（2020.3.8中午香港婕樓。）

陽臺下面便是尚義路。路的兩旁種植了南方的木棉。沿這裏朝西望去，約一支三百磅弓弩的距離，便是捷運站東基灣一號出口。晚風輕輕，吹落了枝丫上的棉絮，遲疑的在空中飄浮著。依寧挨著欄杆，站在一株曇花旁。她盯著捷運站出口，辨識著出來的每一個人。前晚貪歡，錯過了花期的曇花枝上，懸著三顆黃褐色的花球，軟弱無力的倒掛在漸黯的夕照中。再半小時左右，一幅萬家燈火的景象便會出現在眼前。

一個穿藍白色高爾夫球衣的男子出來，在尚義路的木棉枝丫下走過。是淩禕。她返回廚房，把涼了的黑豆排骨湯放進微波爐內，在蒸鍋內取出黃酒煮蝦的瓦砵，並極其細心的將四分三的赤珠米飯盛進白瓷碗中。然後，她把準備好的彩椒片與牡蠣先後放進生鐵鑊中。約十分鐘，飯桌上的一切都布置好。只等待門鈴的響起。

二十五度的空調機已運行了一小時。整個空間清涼而黯淡。芒果黃色的沙發與一組十二個泥人的靜物擺設，在光影中幽幽佇立。大廳牆壁上那幅仿作的向日葵畫。十四株向日葵也好像低下頭來。等待著這漸漸稠濃的黑暗。組裝櫃上的那雙杯耳相扣的茶杯，在暈黃光圈中仍然相牽著手。睡房床頭几上，鬧鐘，水杯，潤唇膏，眼鏡等雜物中，隱匿著一片小小的岡本。

門鈴在寂靜中響起。

依寧從睡房出來，她略作梳妝，並換上了一襲湖水藍的便服。寬身的襯衣和短褲，闊大的領口與腳掌上的沙灘拖和桃紅趾甲，把她的活色生香散發出來。站在門外毫無意外的是凌禕。但意外的是，凌禕身後是保全安琪。一位三十來歲，身高一百七十公分的女子。

「昨晚妳不是說，經常有人從樓上丟下煙蒂，落在陽臺上。我順道請安琪來看看。」說罷，凌禕朝安琪笑了一笑。

依寧看在心裏，那笑容是如此的曖昧。凌禕領安琪到陽臺去，兩人忽爾朝外探頭，忽爾審視著地板，那節拍相同的動作竟像是一對熟稔已久的情人。當凌禕送安琪出門，兩人站在門檻前，凌禕邊笑邊說：

「有勞你了，」非常紳士的稍為彎腰，「如果還有這種情況，也得再麻煩你哩。」又是一個極其曖昧的笑容。

吃飯時，凌禕顯得情緒雀躍，異乎往常。以往工作回來，總是一面疲態。在凌禕為她剝到第三隻蝦殼時，依寧終於按捺不住：

「為甚麼剛才你對保全的笑容那麼曖昧！」

話音還未落下，凌禕便把一隻蝦肉送到依寧的口裏。

到凌禕吃畢第五隻流浮山牡蠣時，依寧心裏忐忑，又重複了她的疑惑：
「為甚麼剛才你對保全的笑容那麼曖昧！」
同樣話音還未落下，凌禕便咳嗽起來，說不小心讓牡蠣嗆到了。
到凌禕把最後一滴黑豆排骨湯喝完後，依寧已忍憋不住，她提高了聲音：
「為甚麼剛才你對保全的笑容那麼曖昧！」
凌禕盯著她，然後繞過飯桌，彎起身來，一字一頓的說：
「那—只—是—禮—貌—性—的—笑—容！」
陽臺的簾子已拉闔起來，把城市的萬家燈火隔在窗外。凌禕與依寧躺在沙發上看時間一小時零五分長度的實驗電影「欲望出租屋」。出租屋內男女無不同床異夢，相互偷情。當熒幕上出現男主角搭上了樓下的單身辦公室女郎時，依寧偷偷瞟了凌禕一眼。她感覺凌禕的嘴角不懷好意。
凌禕從浴室出來，邊刷著身子邊往睡房走去。那時依寧倚著床頭專心的滑手機。寬闊的領口歪斜，露出了右邊乳房的三分之二來。她沉迷時興的電玩Candy Crush，今晚已經衝到第4311關了。要把5個櫻桃送到底板，並擊碎30塊冰磚。凌禕進來時，依寧剛好衝關失敗。在她抬頭看著半身裸露的凌禕時，凌禕給了她一個笑容。那一刻，依寧覺得他這個笑容和晚飯時他向保全所展露的笑容是完全一樣的。她把手機摔在床上，然後跳到凌禕面前，使勁一巴掌打在他左臉頰上。
「那只是禮貌性的笑容！」

凌韋剎那不懂回應，呆站了五秒後。他瞬間把依寧身上的衣服趴下，緊緊的抱著她。兩人隨即倒在湖水藍的絲綢床褥上。依寧左腳吊懸在床沿，那桃紅的趾甲搖動著如片片落下的桃花！

（2020.6.5午後1:50香港婕樓。）

8 ／ 兩個徽章

エ城正下著一場大雨。收音機剛發出緊急宣告：一股低壓槽逐漸逼近本市，未來五小時將有三十厘米的大雨。

彼德從一家燒臘店出來，口裏仍叼著一根牙籤。他伸一伸手，隨即跳上一輛十六座中巴去。剛坐上司機後靠窗門的座位，便有一位濃妝艷抹的少婦坐在他隔壁。少婦甫坐下，順手把桃紅色的小皮包擱在雙腿上。那三分二截大腿的白皙，襯托在桃紅皮包與柳綠西裙間，格外誘人。

城市晚間的霓虹自玻璃窗外透進。時間快八點。疫情中的街道明顯人潮減退了不少。為了這分保全的工作。彼德下午2-4時去學泰拳，4-7時回家睡覺。保全的晚班是10時到明早的10時。他必得有足夠的精神與體力，來處理突發的事情。

「大丸有落！」

少婦跟在彼德身後一起下車。她趨前問彼德，知道江湖海商業大廈嗎。彼德瞄了她一眼，說：「跟我走吧！我在那大廈上保全晚班。」

由車站走到大廈有兩條路可走。穿過遍地水窪的窄巷約十分鐘的路。沿大道而行穿過一排紅綠燈要走十五分鐘。彼德看到少婦腳上的高跟鞋，便決意走大道。當時他不知道，這個選擇變改了他的命運。

市道不好，商業大廈的窗戶晚上幾乎沒有亮起的燈火，這幾個月，只有黑豹廣告與婕樂隊兩間公司有人在。而且都是年輕人。

「這麼晚了，你是去黑豹廣告公司吧。」彼德問。

「不，三樓的婕樂隊。」少婦答。

紅綠燈前，兩個步履蹌踉的男人從後面撞上了少婦。以致少婦的右肩重重的碰擊了彼德一下。然後，一個金屬扣子掉在水泥地上。彼德撿起來，是一枚銅徽章。上面鑄有駭人的圖形，一條蟒蛇從一副骷髏頭骨的眼眶中鑽出來。少婦接過後，不發一言便放回桃紅皮包內。

到了江湖海大廈。彼德換好制服，自衣物間出來，發現桌子上留下了一百元。他想，應該是那少婦答謝他的酬金。告示欄上的「打貪倡廉」通告第3-C項寫有：

「商業大廈保全不得收取客戶金錢饋贈，或總值超過五十元之禮物。」彼德拿著這百元鈔票，上樓到「婕樂隊」去，歸還給少婦。三樓電梯門甫開，震天的聲響便爆裂而來，彷彿牆壁也在抖動。他按響門鈴卻一直沒人應門。

很多音樂團體為了避開噪音法例，都選擇在商業大廈租賃單間作樂隊訓練場地。白天空著，晚上成員回來練習。因為隔鄰的商戶都下班了。聲音再大都不會有人投訴。彼德想，音樂聲太大，他們聽不到門鈴。沒法，一百元只有待她離去時歸還。

悠長安寧的夜晚漸趨透薄，晨光出現在玻璃門外的馬路上。忽爾，兩輛警車在門外的燈柱旁停下，走下三個警察。為首一個逕朝彼德走去，說：

「我是分區警長，編號D6789，現在到三樓婕樂隊查案。煩請帶我們上樓。」

才半小時便看到少婦戴著手鐐隨警察走出來。離去時警長向彼德揮手致意。現在彼德心裏有兩件事急待解決。一是如何璧還一百元給少婦。另一是少婦犯了甚麼法，被警察拘捕。

彼德想起那枚徽章來。他打開手機翻查那個骷髏頭骨與蟒蛇的圖像。發覺竟是一個國際洗黑錢集團的標誌。一剎那他明白了。犯罪分子利用商廈的租務條例，藉聲音掩蓋，進行非法的用途。

九時五十五分彼德走進衣帽間。十時換上便服的彼德離開江湖海大廈。公告欄上新添一張告示，在晃動的電風扇下，如一片不肯落下的葉子。告示寫著：

「昨晚十時五分，在大堂撿獲現金一百元。遺失者請來管理處認領。」半個月後彼德的制服上多了一個徽章，圖案是：一雙鷹翅膀貼在一顆五角星上。

（2020.6.9午間1:40香港婕樓。）

9／掉進河裏去

穿過那些青磚巷子，到了一塊空曠之地。我和她把腳踏車停下來。觀察著四周的環境。後面是一排磚房子。約有五間並排著。一樣鐵欄杆的窗，一樣的棕色木門和褪色的揮春。門的兩邊，一樣的面目模糊的石獅子。還有那五株一樣高度、一樣纖瘦的檳榔樹。我對她說：

「妳看，每株檳榔樹上恰巧都有一片白雲掛在葉子上！」

磚房子前是一條河。我的經驗是，河的美醜很容易分辨。只要河水清澈，一切皆美。河水渾濁，岸邊雖有垂柳、有曲徑、有亭臺，水中雖有游魚、有浮藻，有沙渚，都不忍卒睹。我和她停下來觀看河的美色，一直不停的聊著。東至山嶽河川與黑子風暴，南至衣冠腰封與荔枝芭蕉，西至石油胡楊與但丁龐德，北至街道掌故與情色星座。甚至乎我已分辨不出我們在聊些甚麼，只見到她的雙唇一直在開闔著。

前面是一條磚石橋。很短的，僅有二點五米。那一方一方的青磚排列整齊。在褐黃色的凹凸表面粘附著深淺不一的苔蘚。苔蘚的翠綠色很誇張，彷彿是把數碼照像機上那個「部分取色」的特殊功能鍵調到「翠綠色」的效果。讓其餘都成為黑與白。我回過頭來對她說：

「我們過橋吧！到那邊去。」

我騎上腳踏車，準備出發。車子卻不聽使喚，左右擺動了幾次後，瞬間便直接掉進河裏。我的半身浸在水裏，左手扶著岸邊的石塊，右手拿著擱在礁石上的腳踏車。河水的浮力很大，我幾乎不必擺動雙腿，人和車子都不再沉下去。岸邊的她彎下身來，問我：你掉進水了。這是一個極為奇怪的問題。因為眼前的我已浸泡在河水中，只露出肩膊以上的身軀來。在我思索這個問題時，她的車頭把手也左右搖擺著，然後也同樣的連人帶車的掉進水中。我終於知道她這個問題的下半部份了。完整的述說是：

「你掉進水了。我也跟著你掉進水裏哩。」

我攙扶著她，讓她朝我靠攏。然後把她的腳踏車挪移過來。兩輛車疊纏在一塊的托扶著。現在場面安定下來。河水的清澈讓我感到舒適。我和她又開始不停地聊著。聊天的情況一如動漫的描寫般，飛出漫天的形狀與色彩不同的物件。形形色色的魚兒在我們身邊和腳踏車間穿梭游弋。我們就如水中的浮藻與枝丫，隨河水輕輕的飄蕩。

後來岸邊來了一個騎腳踏車的女孩。她燙直髮，眉目清秀。舉手投足散發著性感的誘惑。她同樣彎下身來，對我們說：

「你們的車子都掉進水裏呀！我的也是，上週我的車子也掉進河裏去哩！」

她指著河水中央的位置。說就在那裏。我回頭看去，擱淺著的腳踏車如河水中的一株小樹，上面還歇著兩隻白鷺鷥來。陽光逐漸把河面染成金黃。女孩不知何時離去了。我和她仍泡在水中，沒打算返回岸上來。我們又開始不停地聊著。

（2020.7.7早上10:30香港婕樓。）

10／劍謙心與美人肩

外邊傳來一些雜聲，朦朧中我判斷為金屬摩擦聲。像極一把鋸在一條金屬鏈上拉扯著。我擅長推演。甚麼是推演的呢！就是在實際情況中針對各種可能性作出準確的判斷。這個好處是，排除大多數人思想上的弊端：所有想法純粹是個人觀念的推算，而脫離客觀事實。對這些聲音，我的推演如下：

A 這個屋邨保安相當嚴密，設有三重關卡。外來犯罪幾乎沒可能，但屋邨內的犯罪卻存在。

B 樓層和單位與犯案無關。與犯罪分子居住的單位有關。

C 陽臺的玻璃門右側壞了，沒法上鎖。兩扇門不能合攏，留下一道隙縫。我用一條鐵鏈，纏綁著兩邊門把。

D 如果賊人要打開，不能打破玻璃，那會發出巨大的聲響。非得用利器把鐵鏈切開。

E 鋸與鐵鏈發出的摩擦聲，便是現在我聽到的聲音。

F 有賊人正欲從陽臺進入我家。

推演結果出來了。我走出客廳，果然看到一個賊人正以鋸子用力地拉鋸著門把上的鐵鏈。我打開燈，賊人的形貌便清楚的呈現在我眼前。小說寫作都要求有一定的人物描寫，但在這裏我不想描述賊人的容貌體態。因為這並非一篇小說，而是一個現實在進行中，並攸關人命。於避免罪行無所助益的事實不必加鹽添醋。但為了更確定這個賊人的身分，這裏我破例給他戴上了一頂鴨舌帽來——大多數小說裏的竊賊，都戴著鴨舌帽。

我繞進廚房，手執著一柄菜刀出來。坦白說，我不想用這把菜刀，怕弄崩了刀口。因為那是日本名牌子：新潟燕三條的「劍謙心」不鏽鋼三德菜刀。此刀有黑刃，刀身卻是白紙鋼，刀柄是縞黑檀木。刀刃長度為165mm。去年購自漢臣百貨時，價格為16511臺幣。只是其餘的刀都不足以抗賊。我與賊人隔著玻璃對峙著。每當賊人把鋸子從隙縫間伸進來時，我都用菜刀砍下去阻擋他的作業。一攻一防，一來一往，有時停下來怒目而視。如此僵持了五分鐘。我大喊：

「你停下來！我給你推演一下這個結局。」

賊人愣了一愣。然後說，「你說吧！」似乎有些疲態。於是我一邊比劃著劍謙心，一邊與他推演如下：

A　這個局面下去，只有兩個可能。一個是鐵鏈給鋸斷了，你進入了屋內。一個是鐵鏈始終沒被鋸斷，你只能沿陽臺欄杆逃逸。

B　假設鐵鏈給鋸斷了，你便進入屋內與我對抗。當鐵鏈斷落那一剎那，你仍手握著鋸刀，而我佔有上風之利，能先給你砍上一刀。

C　然後我們開始持械搏擊。a你勝。但身上仍有我第一刀的傷口，逃走求醫時仍得受到警方的緝捕。b你負。在客廳地上淌血，等待警方來拘捕。換句話說，你無論如何都會受到法律制裁，逃不了刑責。

D 你唯一能取勝的是，安全無恙地進入客廳，把我制伏，綁捆我。然後掠財逃逸。

E 但現在似乎沒有可能，因為我已經醒來，並拿著日本新潟燕三條的「劍謙心」不鏽鋼三德菜刀與你對峙。

F 結論：你沿陽臺爬回你的單位，我當作你夢遊，不作追究。

賊人聽到「劍謙心」三個字時，身體不由顫震了一下。說不定他和我一樣，也是個喜歡下廚的男人。因為知道「劍謙心」的人實在不多。它是一把萬用的廚刀，一能抵百。但我不能想那麼多了。此時，月亮從賊人的背後升起。灰暗的雲層狡黠地分布。陽臺上那株高大的曇花上，昨晚開過的花苞仍吊掛著。此時賊人冷笑著說：

「你的推演十分準確。但你看那邊的一排窗，都垂下簾子，沒有欄柵阻擋。我只要跨過去，推開窗扇，便能輕易跨進你的書房去。況且，我腰間的是一米長的中國王麻子的生鐵砍柴刀。你的日本菜刀絕對敵不過。」

那確是一個漏洞。待賊人全身進入房間，我便絕對輸了。這樣只有一個方法可以應對，就是當賊人跨過去那排窗扇時，我便馬上走進書房與他對峙。待他身體跨進一半時，我可以進行攻擊。他未必佔到上風。若他返回陽臺，我也趕緊回到客廳去。如此這般狀況，推演出來的風險是：

A 賊人因為急促的往返陽臺與窗扇間。墮樓受傷乃至死亡的機會極大。

B 我急促奔走在陽臺與書房間，這約五米的距離會讓我氣急敗壞，並有可能推倒了茶几上的一雙價值12432元臺幣的「美人肩」宜興紫砂紅泥壺。

正當我想把這個風險評估說出來時。賊人已急不及待。他四肢調配，扶引跨躍，一下子便走到了那排窗扇去。待我趕到書房時，賊人大半的身體已進入，只餘一隻左腳仍擱在窗欄之外。

那是個危急關頭。

我不得不作出非常的應對：我對自己說，七時了，是時候醒來。一下子，賊人的影蹤消失得無影無痕。睡房的簾子在晨光中微微的擺動。我拍打一下床褥，微塵在一條光線中晃動著。一切如常。今天猶如是昨天的複製品。

拖著殘夢，緩緩走到客廳。茶几上那雙「美人肩」紫砂茶壺仍在，那一小撮的英雄九號困鎖了一個晚間。我到廚房煮開水泡隔夜的茶。然後拉開抽屜。黑壓壓的「劍謙心」安靜的躺在刀架上。所有的都各就其位，又是一段相安無事的時光。

（2020.10.31中午12時香港婕樓。）

知介與浣華

如不曾發生的穗園記事

知介與浣華

如不曾發生的穗園記事

知介以為，浣華才是真實的，其餘不過虛構。

①

和曲浣華進入穗園小區時，是下午五時左右。知介在東站旁的快餐店坐下，看著旅客魚貫從玻璃窗前走過。春日陽光砸在佈滿小坎的柏油路上，透過沾滿灰塵的玻璃窗外看，便是一幅雜亂的舊城區景色。知介很緊張，怕錯過了浣華的身影，以致對面「沙縣小吃」那幾個斗大的楷書，也忽略了。突然手機響起，浣華的電話來了。

「我剛經過車站旁的沙縣小吃店，現在到了公交站旁的計程車站。你在哪？」

浣華拉著一個黑色大行李袋，右肩掛著一個米黃色仿皮手袋。瘦小的身形顯得特別脆弱。知介想，她身體裏的骨架，要如何作出相互支撐的動作，方能夠搬動著這一身沉重的裝備。

計程車把他們帶到穗園小區。陽光在濃密的樹影間遊走。知介坐在路旁的便利店內。外邊是一幅水泥臺階。臺階外是灰紅色的行人磚道。浣華到隔壁的公司報到。她來學習。公司開設的培訓中心連同宿舍，給受訓的員工住宿。浣華謊稱回老爸家住，不佔用公司的宿舍。她和知介租住在酒店。

浣華來了，知介遞給她一瓶凍酸奶。她笑著說，中午飯還沒吃。不論那個角度，浣華都是模具般的美人胚子。知介愛的執著，卻不全因浣華貌美，而是感到其中或有他前生破碎的片段。

他們租住在一間旅館的十一樓。窗外是新城舊區混雜的景物。左邊新建了一幢五十多層的摩天樓，右邊是石牌區三、五層樓的舊村。浣華和知介站在窗前。天色漸暗，霓虹漸亮，光暗糾纏的塵世裏，兩人相靠著，好像一切都很脆弱，隨時散落為雨中敗絮。

「餓了，去吃飯吧！」知介說。

②

知介是在城市優秀企業管理人員表揚晚會上認識浣華的。結束後他們一起走到相同的公交車站。深夜十時半，C城更為安靜，知介思緒澄明，感到生命如一片飛羽落在地板般的輕。而在電影裏，這往往暗喻了某些事物變改了詮釋，某些事物在醞釀中。

「已是第四年得獎了。」浣華說，「多虧上司每年都給我推薦。」

「妳是實至名歸。」知介說，「有獎金嗎？」

「五千。」浣華笑著，「是要我請吃飯吧！」

後來浣華開車載知介到城西的農家菜館去。浣華極其精緻，細口慢嚼，盛湯、夾菜、沾醬，都不慌不忙。說話的分貝不比清晨的鳥鳴聲高。

「飯後我們到附近的溫泉去！」浣華語氣堅決。

她從車尾箱取出一襲泳衣，知介在接待處買了一條墨藍色泳褲。從更衣室出來，浣華已換上另一個形象。

燈色水影，月如簾鈎。夜間的溫泉池水盪漾，景物迷人。浣華偏瘦，粘附在骨骼上的肌肉卻恰如其份，以致呈現出誘惑動人的稜線來。後來在穗園小區，知介才發覺，浣華的肌膚便則古詩中的「凝脂」。如撫摸著一件溫玉般，通靈可玩味。

往來漸多。C城多個旅遊景點，他們都遊覽了。冬日清幽的銀柏寺、過早探訪的城西油菜花田、東澳島海岸自然保育區等等。只是許多時浣華都携著孩子一起。她婚了，男孩叫阿志，齒白唇紅，非一般的八歲小孩。浣華很疼他，知介也是。每次玩累了，浣華躺在旅館床上睡去。阿志便一直纏著知介，整整個半小時沒停下來。有次回C城途中，車子在紅綠燈前，阿志扯著浣華的袖子說：

「知介當我爸就好了！」

知介見過浣華老公。有一年春節，知介來到C城，寄宿在浣華家。浣華老公習武，無志，玩物為樂。與優雅鎮定的浣華格格不入。那個徹夜遍布燄火的晚上，浣華與兒子睡一間房，她老公獨自睡另一間，知介則瑟縮在西廂內。農曆年如一頭獸，伴著浣華，藏匿在一牆之外。

③

浣華被派去穗園小區學習五天。白天到培訓中心上課，下課後他們便在一起。午膳的兩個小時，浣華會回來。她是一間大企業的總經理，處事得當，作風謹慎，為公司所器重。所以工作量重，私人時間極有限。這次到外地進修，正好休息。每天早上出門，知介都為她打點好一切。泡茶、整理手袋、準備上課用的筆記文具。浣華則忙於梳妝穿衣。她會問知介：

「今天穿這個好看嗎？」或者，

「天鵝項鍊配這套衣服如何？」

最後，背著知介，說：

「趕不及了，寶寶，來替我把拉鍊拉上，扣緊鈕扣啊！」

知介小心翼翼地把拉鍊闔上，如做著一件神聖的事。他重新把浣華的肉身縫合起來，讓她可以恆久不腐。時間如同靜止，知介難以忘懷的，是這細微的金屬鈎子滋滋作響的聲音。雖則短暫，但比起世間所有愛情囈語都要動聽。後來這些聲音在知介腦海裏不斷放大。扣上鈕扣後，知介從後抱著浣華，把頭枕在她右脖子上，交疊的雙手壓在小腹。約五秒，浣華便掙脫開來，帶著笑容離開旅館。

白天百無聊賴，知介在穗園小區內閒逛。這個空間他有難以言說的感覺。那些馬路與商鋪，乃致路中央的分隔欄柵與兩旁的建築物，雖則叫不出它們的名字。但整個環境卻是親和的，知介好像曾經見過，曾經遇上，曾經在這兒生活過。熟稔卻又恍如不曾存在於現實中，像西羅西咖啡店。有一個夜間知介在這裏等候浣華從卡拉OK回來。已經是深宵的十時一刻，浣華說要回來吃飯，卻樂而忘返。知介擔心，在門前焦急張望。浣華打來電話，說計程車把她帶到龍盛路口，四周黑暗，不會走回來。知介急忙的朝龍盛路跑去。看見浣華孤單的身影時，禁不住緊緊抱著她。

這一截馬路燈光稀薄，樹蔭濃密。他們在相隔約二十米距離時，仿佛置身於另一個時空裏。浣華一邊張皇四顧，知介則向前伸出右手，企圖觸摸到她。那時四周的景物已不復存在。白漆的樹樁，欄柵旁的雜物，懸掛著的廣告橫幅……逐一在消失。知介與浣華各在橋的一端。那是一條架設在護城河上的木橋。浣華離開半啟的城門，知介則朝城門走去。高牆森然，河水湍急……直到西羅西咖啡店的晚餐端上，浣華嘴角有了笑容，才感覺返回人世間。

④

穗園小區最大的一條馬路叫龍口西路。耽在這裏的五天，知介沿著龍口西路來回走著，已計算不了多少回。由酒店出發，右拐便是龍口西與天河路的交匯處。從這裏開始走，不久便看到西羅西咖啡店。再往前走，兩旁都是高大的樹木，店鋪隱沒在後。然後是天河北路。這裏，知介如迷失在一個繁華城市的迷宮中，豪華酒店、購物中心、高級的店鋪羅列兩旁。再往前走，便是天潤路口。這裏距離浣華培訓的地方很近。知介常站在一株老榕樹下等她下課。

龍口西路兩旁的榕樹。有的逾百年，樹幹粗壯如神祇的石柱，也有十餘年的幼株，樹幹不過一個油漆罐大小。那些店鋪的名字，很是特別。譬如界乎龍口中路與天河北路，帝景苑對面的一排店鋪，知介仔細端詳過它們的名字，毗鄰的六家店鋪，由南而北，依次是：皇冠瑪莉奧、二天堂、尚盞、C · CAFE、樂淘商品和啓創。而它們分別是：西餅麵包店、中西成藥店、燕窩蟲草店、咖啡廳、服裝店和理髮店。

在眾多店鋪裏，知介注目於那間西羅西咖啡店，英文名是XPERIENCE，與一個流行歌手的專輯大碟同名。專輯歌曲“Catch me when I fall”音色迷茫，讓他常想像生命裏那些所謂事實來。它們常源於一句口耳相傳，或一剎的孤立場景，而人們卻深信不疑。知介以為，浣華才是真實的，其餘不過虛構。

晚飯後到超市。浣華節儉，什麼都不買。他們拿著一大堆水果回去，草莓、臍橙、香蕉、葡萄，紅橙黃綠都齊全了。柔和夜色中飄落微雨，今晚知介心情特別開朗。他讓浣華躺在沙發上看電視，自己去弄水果盤。浣華不肯休息，要到浴室洗滌衣物。知介把買回來的水果清洗乾淨，削皮剔核，然後切為塊狀，堆放在果盤上。牆壁上的抽像畫，與眼前形狀不規則的水果塊很相似。浣華坐到知介身旁，邊吃著水果邊玩手機。

「不要玩手機，我們聊天吧！」半小時過去，知介說。

「聊些什麼好呢！」浣華把手機拋在沙發上。

知介走進浴室，看見浣華洗滌好的內衣懸掛在不同的金屬架上。款式都不一樣。仿似春日的蝴蝶歇在不同的枝丫上。浴室內的水氣仍未消散，如霧瀰漫。灰黃色的地磚留下春雨後的水洼。知介想，這些蝴蝶在白天與我默然相對，而在夜間，它們有過灼熱的生命，自柔軟的大地褪下，靜歇在枕邊或床上。知介如在黑暗中擁抱著一株春日的枝丫，蜂蝶與候鳥已然無影無踪，只懸掛著一個果實。

它在輪迴。

⑤

這段日子，知介在讀班雅明的《發達資本主義時代的抒情詩人》，以致習慣了以相類似的眼光來看這個城市。偶爾也會對「漸次熄滅的煤氣燈，把人固定在土地上的住房牌號，日漸墮落成商品生產者的作家們」發出輓歌式的哀嘆。漸漸，他感覺自己也成了書中那個「城市的閒逛者」，躲在人群裏注視著這個嘈雜的商品物質世界。

「整個城市都去看商品了」。但龍口西路有一截並沒有商店，一邊是學校，一邊是公務機構。在這裏，一切於知介而言，無不帶有寓言的性質。他慣常尋找實體所見的背後的意義。

窗外傳來雨聲，沙沙潺潺的洗刷著這個城市。念想浣華，知介在旅館內寫起一些瑣碎的句子來。寫好了又投擲到垃圾筒。如此往復琢磨，終於有了這分行的幾句話：

忘卻言語，回歸於那曾經荒涼的世紀
那是最柔軟的接觸，簡單卻動人的聲音

把病菌傳予所愛，也激起了抗病的荷爾蒙
這生死與共的烙印，相依為命

接吻時，浣華很專注。這種專注與她處事作風一致，是發自內心的。她把每一件事盡量做好。譬如臨睡前敷貼面膜，會認真的對準位置，用手掌拍打著臉頰，不留一個氣泡。然後躺下。並說：

「寶寶，如果睡著了，記得十五分鐘後替我把蘆薈臉膜撕下來。」

浣華很快入睡，寧靜得如同生命的息止。她胸口微微地起伏，說明血脈在流動。知介坐起來，為她撕下粘附在容顏上的面具。浣華的額、眉、眼、睫毛、鼻子、臉頰、上唇、門齒、下唇、頜，逐一清楚地出現在他眼前。它們無不在一個和諧的位置上，顯示著善與美。這樣把面膜撕下，就好像拭去了歲月一層薄薄的秋霜，知介看到浣華臉頰那透紅的光采，在黝暗而微弱的房間燈火下，如一片安靜祥和的春景。

撕下面膜後，房間寧靜無比。把燈調暗，知介摟著浣華的小腹，在感覺生命微微的顫動中，也安然睡去。

6

旅館窗外的整個城區被大雨籠罩著。知介站在窗前觀雨，百米外的樓房只剩下一個輪廓。他以為如斯巨大的雨水，是上天的施恩。它為一座城市洗刷過多的陰霾和罪惡。

浣華父母住在城南。今晚她去看父母，吃飯後才回來。下班時分他們坐地鐵去。兩人如相靠著的樹，不停地在搖晃，在人潮巨流中奮力掙扎。車過珠江，夜幕開始降臨。

浣華回家，知介便在車站附近的商鋪內閒逛。地鐵三號線最南端有一個市集，黃昏時點燈開市，燈火慢慢燃燒，終於焚成一個紛擾的夜間。攤販吆喝，人群穿插其中，好不熱鬧。飯後知介漫無目的閒逛著，沒有浣華的夜，如只剩流浪貓相伴的夜晚。貓會莫名其妙的行動，有時捕風捉影，有時仰天長嘯，而你卻依舊與它各自孤寂著。

逛累了知介又找了一間甜品店歇息。十時三刻，浣華來電，說已走到地鐵口了。

「你多留一會，難得陪伴父母。」知介說。

「課程快完畢了。我們早點回去吧。」浣華說。

地鐵乘客不多。浣華累了，話沒說幾句便靠著知介左肩膊瞓睡起來。知介用手扶著她的額頭，讓她睡的安穩。浣華帶孩子，工作忙，老公不爭氣。這讓知介憂慮卻又無奈。

返回旅館已是凌晨時分。又一個夜晚如此過去。時光平伏如燈火闌珊處的一道流水，渺無人跡。只有那些倒影，那些螢火，乾淨無痕，來而復逝。

⑦

培訓的最後一天，浣華只有半天的課。

天氣轉晴。窗外風光明媚，樓群外的山脈稜脊清楚可見。他們執拾行李，準備歸程。浣華換上藍白色的連身裙，配上貝殼項鍊，一身行政人員的裝扮。離開時知介緊緊抱著她。她安靜的在知介懷裏。房間內的靜物，窗外的商品城市，此時都與他們無關。後來知介放開雙臂，浣華抬起頭來。兩人不發一語，深深的吻著。

浣華堅持要買一個手機送給知介。午飯後走到對面的商場，知介挑了一款廉宜的「榮耀」。款式愈平凡，愈是耐用。舊式的愛往往較之新派作風，更為長久。

他們打車到東站去。他給浣華買了到C城的票，自己也買了回程票。知介想送浣華回C城，但浣華堅持不肯，說這太折騰了。離開車時間還有四十五分鐘，兩人在一家快餐店內歇息。

候車大堂光影斑駁，往來的乘客如剪影般虛浮不實。列車班次電子牌上的字體筆劃模糊。幾隻麻雀在天花板上飛過。浣華狀若無事，心裏卻也是憂傷無奈。知介很瞭解，也沉默著。那些傷感的、抒情的囈語，兩人都埋於心底。他們知道，語言軟弱不堪，次於行為；行為源於剎那，次於思想；思想飄移無定，次於時間。時間可以證明，他們的未來。

列車的廣播聲響起，知介放開雙手，看著浣華的身影消失在閘口的人潮中。

⑧

這五天記事，混淆了時序。順序自是更輕而易舉的書寫。慣常的事物總是脈絡相承，往往尋得前因後果，以便我們為自己的行為作出心安理得的解說。而永恆的感覺卻總是存在於時間以外，並有著熟稔的空間。它的意義是獨立的，不因排序的顛倒而變改。

與浣華的一切，既在知介的生命中，復在知介的生命外。如果堅持以今生來述說，則所有的都疑幻疑真。穗園小區那些景物，印象猶新卻又熟稔如舊。但似乎每次都遇上一場或多場雨水。那些雨，曾沾在知介的衣袂上，又風乾在旅館的時光中。

此後知介多次下榻於穗園小區不同的旅館，以一個「城市閒逛者」的身分。但他已不復關注什麼現代城市帶來的自私、慾望與短視等議題，也不關注生存的虛妄。只對穗園小區這個空間產生了濃厚的興趣。有時他會在酗酒後疑惑自己是否在夢中。有時對現實的一切，又疑惑它的真確性來。躺在旅館的床上，知介深深思考過這一切。但總是莫名所以，尋找不出任何蛛絲馬跡來。

知介又一次推門離去，落入天河路上擁擠的人潮中。街巷縱橫錯雜，人車穿插擁擠。混於其中，如迷途般，如游魂般。他想到《發達資本主義時代的抒情詩人》裏所引用的波特萊爾的幾句話：

但有誰知道我夢中的鮮花能否在
像堤岸一樣被沖刷的泥土中
找到那給予它力量的神秘的滋養？

穗園記事，如不曾發生過。但知介確實因此而有了生命裏神秘的賦予。

覃權的三天

覃權的三天

覃權凌晨五時十五分返抵大廈副樓的購物中心。穿過大堂電視屏幕下的廣場時，靠著甬道那間售賣健康食品的本地老牌名店「綠素」，櫥窗仍亮著微微的燈光。那不同形式的包裝盒如積木般堆砌成金字塔的形象。旁邊是BOOK BUDDY，一間兒童書店，窗櫥有樹木形狀的裝飾。十多年前，覃權便喜歡帶著他的兒子在裏面尋寶。再隔壁，是一間獨一無二的日本蜂蜜專賣店「杉蜂園」。門口擺放著一只大蜜蜂的塑膠模型，很多父母會帶著孩子在這裏拍照。

十幾個小時前覃權到了澳門，一個賭城。他坐在海島娛樂場的二十一點枱前，全神貫注地看著那些撲克牌，在綠絨毯的桌面上，如落花般飄下，然後被無情的掃走。花季總是急促的。不知道經歷了多少個花季後，覃權的容顏也顯得頹唐。他前面的籌碼只剩下十幾枚。大部份都是小額的。略為心算，約一萬五千元左右。

「還能渡過幾個花季？」

子時已過，賭場的人客開始稀少。整張賭枱上只有他，和坐在尾門的一位女客。女客容貌佼好，古典，假眼睫毛，束頭髮成髻。髻上插著一支蝴蝶簪，鎏金色。身穿的是唐裝的旗袍。她前面堆著的籌碼，五顏六色，也算不清多少錢了。約半小時後，前方右側的老虎機搏彩區忽然鈴聲大作，女客回頭看了看，覃權才能看清她的容貌。幽怨，眸如水，像極一位古代的妃子，長期處身深宮中。然後她拋出了一句話：

「富貴不常臨，其幸如斯乎！」

覃權心裏微微的笑，怎說著古人的話。進娛樂場的人都衣冠楚楚，卻操市井俚俗的話語，那有如此文謅謅的！又過一段時間，覃權的籌碼只剩下七千六百元。他看一下手腕的電子錶。凌晨二時二十分了，三時恰好有一班夜航飛翼船，早上六時前可以趕回去。他把六千五百元的籌碼全部押上。女客瞄了他一眼，從二萬五千的籌碼中取回二萬，只押上五千。

荷官發牌。覃權是紅心A，女客是葵扇6，莊家是葵扇Q。因為已沒資本，沒法加倍，覃權暗暗嗟嘆。此時女客說：「我可以替你加倍嗎？」覃權表示無可無不可。女客便直接把六千五放上去。荷官發了張梅花8。現在是9點或19點對莊家的10點。覃權看著女客：

「還要不要牌？」

「不要！」

「莊家一隻花牌，我們便輸了。我沒信心。」

「19點不小了。況且我這門還會拿牌的。」

「我還是想要。」

「由你吧！反正我贏錢。」

荷官發牌，是紅心5。覃權變得只有14點。他卻猶疑了，最終不敢再要。女客拿了一隻方塊K。16點。她略為遲疑一下，敲敲桌面，荷官發來一隻紅心2。18點。

時間彷彿變換了慢鏡。荷官纖幼的手指從洗牌機中拈出一瓣花，揚起來劃一道優美的弧線。然後慢慢的放下。模糊的數字逐漸清晰，是葵扇6。現在莊家16點。要再補牌。覃權倒吸了一口涼氣，他想，財神始終沒放棄我啊！如果因此勝了，那就不趕三時的班次，賭到東方魚肚白，看能不能扳回輸去的三萬元。

荷官再抽出一隻牌。那隻梅花A落到綠絨毯上時，彷彿發出巨大的迸裂聲。覃權眼前一黑，待再睜開時，桌上六千五百元籌碼已被沒收了。他垂下頭，如鬥敗的公雞，緩緩離開座位。

飛翼船離開外港碼頭到達公海水域時，重重的夜霧濃罩著四周。除了船體本身的燈光外，已無半點光源。船艙內乘客不多，空調冷。覃權精神極為萎靡。他半睜開眼看窗外，海面迷濛一片。船如漂浮在異度空間之內，感覺不到任何引擎打擊水面的聲音。一時間他感到茫然無依，懷疑自己的真實。如果說莊周懷疑自己在蝴蝶的夢中。此刻覃權用右拳重重打在左肩上，他在懷疑自己所存在的空間。隔著一個座位坐著的那人此刻別過頭來，問他：

「還有多少時間可以到港澳碼頭？」

覃權抬頭一看，大吃一驚，不正是剛才在賭桌上的女客嗎。她的身上多披了一件縷織著紫黑十字架的披肩。女客也愣怔了一下，輕聲道：

「是你啊！」

兩人開始用簡短的語句交談著。女客抱怨他剛才多要一張牌，結果連累她的好運也消失了。所以才提早回去。覃權認真地解釋，賭博都是運氣，因為都是不按牌理出牌的。女客似乎被說服了，她嗯嗯地：

「好運終究不會長久！」

窗外白茫茫一片，期待的城市燈火始終未曾出現。船體如在太空中漂流著，不著一點引力。覃權轉過頭來，正欲吐出這樣一句：「怎麼好像在太空船內，一片茫然的」，才發覺女客已經不在座位上了。他朝船艙內掃描了一匝，卻尋不著女客的身影。寥寥十幾個乘客都在闔睡。彷彿是一個開往未來的飛行器，大家都在時光中漂流，不知終點。空間瀰漫著絲絲的奇詭恐怖。想著，覃權也靠著椅背，昏昏睡去了。

一陣猛烈的搖蕩讓覃權醒來。他一睜眼，船已泊岸。出了碼頭，他上了一輛通宵小巴。才一坐下，便看到剛才船上的女客坐到旁邊的座位來。覃權微微的點頭，便問：

「妳也要到旺角去嗎？」

女客已是一臉疲態，她輕輕地支吾著。覃權也不知道她說甚麼。小巴穿越深宵中的城市那種感覺，很不實在。彷彿處身在一個本來熟悉卻突然陌生的領域。商鋪的霓虹招牌都依舊，但卻丟掉了它們的熟悉感。此時，人與城市間有著巨大的隔閡，不安讓每個人急促的趕回家去。路燈一盞盞的亮下去，燈下走過的人影不多。白天的熱鬧消散得無影無蹤，如火熄滅煙吹散。待覃權回過頭來，女客又已不知何時下車了。覃權想，喊話司機，起身時觸碰座椅，走動與車門開關的聲音，她就可以這麼不動聲色的下車嗎！想到女客那一身唐裝旗袍，覃權不禁嘖嘖稱奇。

夜行旺角那種感覺真的不一樣。覃權橫過彌敦道，往亞皆老街走去。迎面而來的人都不帶一絲血色。他想到余華的小說《第八夜》。當中描述了那些陽氣不斷流失而仍留在世間的人，其形貌正是如此。

到了麥花臣球場，覃權上了「泥鯭的士」最後的一個座位。這是一個最不舒適的座位，前排夾在司機與另一個乘客中間，沒有任何可供攙扶的把手。覃權甫一坐下，的士便瞬間啟動，拋了個急彎便朝亞皆老街往東飛馳。此時覃權才回過神來，他瞟了鄰座的那位乘客一眼，不由太吃一驚，竟又是那位女客。

「咦！怎麼又碰上妳？」

覃權眼睛是看著擋風玻璃上急速撞上來的風景，「我們好像有緣哩！」

女客不發一言，也是盯著前方。的士爬上天橋，在東九龍走廊上如箭般朝靶心奔去。高速的飛馳中覃權的腦袋逐漸回復了清晰。他盤算著，如何可以取得女客的聯絡方法，以便日後相約再到澳門去。的士快進山路了，覃權鼓起了勇氣，他拿出自己的名片遞給女客：

「看看那天有空，我們再到澳門去！」

女客接過名片，也沒看一眼，便放進唐裝衣上寬大的口袋裏去。秀茂坪山路多彎，晚間路左都泊滿了大貨車，只留下一條行車線來。的士左搖右擺，覃權歇力維持身體的平衡，但有時也不免碰靠到女客的肩膊上。的士爬到山路的最高處，將軍澳堆填區樓宇的燈火便出現在眼下。此時女客說：

「司機叔叔，過了前面的交通燈，可以給我下車了！」

接著，她又對覃權說：「青錢換酒日無何，紅燭呼盧宵不寐。我今後恐怕要戒賭了！拜拜！」

覃權凌晨五時十五分返抵大廈副樓的購物中心。他孤單寂寥的身影穿過大堂電視屏幕下的廣場，朝屋邨的入口走去。靠著甬道那間售賣健康食品的本地老牌名店「綠素」，櫥窗仍亮著微微的燈光。那不同形式的包裝盒如積木般堆砌成金字塔的形象。其中最高的山峰是，男性保健品MEN'S INFINITY。那黑色包裝盒子如一座「黑色的山」。歌手央吉瑪的〈黑色的山〉在覃權腦中泛起，他不覺輕輕哼著：

「面對乾枯的湖水，消失的森林，荒蕪的草原……」

在路過BOOK BUDDY時，覃權停下了腳步。他詫異著，唸唸有辭：

「這個店不是上個月的28號已倒閉，用圍板封著的嗎！」

為了確定這個現場，覃權往後看看，沒錯，旁邊是新張不久的「杉蜂園」。透明塑膠門閘後的那隻大蜜蜂仍在。時間彷彿返回到三天前，即上月28號。那天是覃權的生日。他一個人晚上到了大家樂快餐店吃海鮮火鍋。然後在手機上訂了澳門蘭桂坊酒店的房間。那現在眼前的景物是甚麼一回事？

——這三天是虛擬的，未曾實際存在過嗎？

——我是活在平行時空嗎？

——是我得了思覺失調症，把時間空間混淆了嗎？

穿過平台花園，在月色和燈影下覃權落拓的背影彷彿不屬這個俗世人間，是那麼的奇幻脫俗。推開大堂的玻璃門，按鈕打開升降電梯門，拿出鎖匙帶上家門。月色連同花影依舊投射在地板。覃權跌倒在沙發上，躲藏在沙發底的褐色貓鑽出來，一躍便伏在他的懷抱裏。

逐漸，寂靜的空間裏聽到了時鐘滴答聲，聽到自己心臟的起搏聲，聽到褐色貓那極細微的嗚嗚聲。

（2021.12.28零時婕樓。）

短小說：詩人系列

短小說：詩人系列

1／烏鴉君

我寄寓在這個房子已經十五年了。後來的六年來了一頭烏鴉。

烏鴉君全身墨色，羽毛間有閃亮的光，如極深邃的郊野夜空。他的舌頭很大，以致叫鳴聲比同類的低沉沙啞，屬男低音那種。他有三隻腳，多出來的一隻屈曲藏於腹下的羽毛中。不讀歷史的人是不知道的。

烏鴉君是怎樣找上我，我已經忘記了。有一年我自東瀛洲和歌山返來，打開背包，發現他匿藏在最後的夾層裏。那個間隔，是放置手提電腦的地方。這是我長久的習慣，以寫作抵抗漂泊的深宵。手提電腦也是全然的黑色，這給烏鴉君藉保護色逃過機場海關安檢的機會。他沒有經過檢疫便入境了。

那個晚上整理行李。打開背包時，烏鴉君便一躍而出，站在摺疊桌子的右上角，看著我。我對烏鴉君是一見鍾情。這點恕我拙劣，找不到任何能與內心吻合的詩句，以表達我的愛慕。但他的藝術審美觀和我高度相同：線條優美和諧，適可而止。混於普羅之中狀若同群，單獨或和我一起時，便大異其旨了。我有這樣的直覺，惟有我這般佯狂的詩人才能接近他的小心臟。

烏鴉君盯著我，我們就這樣一言不發，對視了六秒鐘。我懂了，他像我一樣具有寫詩的潛能。我把他安放在小窗旁的櫸木書架上，與最高一層塞滿了中外詩集混在一起。烏鴉君既懂得把石子丟進玻璃瓶裏，令水位上升供其解渴，定必有以喙翻書的才華。從此他便靜靜地棲息於這個可以讀詩、也可以觀看窗外「那城」的角落。每當我外出時，也總是帶上烏鴉君，有他在，多少可以驅散一絲絲的寂寞。搖著搖著，那寂寞便如細微的粉末，飄去遠方。這樣在仲夏不停的搖晃，而烏鴉君竟未曾掉落一片羽毛。每次外出，無論到哪個地方，我總不忘把烏鴉君放在他偷渡時匿藏於背包的那個位置。

某年我在「這城」遇上C。我們在城南一個片區的咖啡館吃下午茶。C是在漂泊路上能讓我想到停下來的遇見。但我沒有說。午後的陽光從馬路對面商店的玻璃窗折射進咖啡館，投映到掛著一幅童話風格的城市畫圖旁的灰白色油漆上。C拿著照像機的影子被剪貼在上面，我感到C的影子也是可以收藏的。當背包打開拿出奧林匹斯相機時，冷不防烏鴉君又一躍而出，擱在我的咖啡杯上。我對C說：

「妳坐在牆角，讓烏鴉君靠著妳右手，我替妳拍！」

時間比日影走得更緩慢。因為我沒有那幀相片，只能用文字複述當時的境況：C約略整理一下自己，便慢慢地在角落坐下。她右手扶著烏鴉君，溫柔而脆弱地。

我未曾看過烏鴉君這般的安靜。他竭力地成為一把扇子般貼在C的手腕上。C臉朝牆，微微低下頭。眼睛如收藏著過多的海水般，不停地起伏。照片拍好後，烏鴉君自動返回背包去。如果我停下來，C即我所書寫的，超越一切的畫圖。所以我沒有說：

「Dear C，把剛才拍的相片給我！」

幾天後我便離開「這城」，回到「那城」。烏鴉君一直相伴。過了秋分，他竟比從前安靜多了，致使這個房子更為寂寥。後來我發現烏鴉君也寫詩，有時還用上了外國語。最近無意中看到他的手稿，寫在一幀雪地般的團圝扇面上。翻譯了是這樣的：

路總有時會在群山之中迷失。八咫烏立在枝丫，如黑子在太陽中飛翔。化作
一個使者，攜帶了太陽的口訊抵達中州。

2 ／ 白色咖啡館

下車後漫無目的地浪遊，陷入了招牌與路標的空間裏。商鋪連著商鋪，骨牌般的排列。不知怎樣，那白色小屋又出現在眼前。那是一家咖啡館，我有的記憶曾出現在這裏。

記憶有時意味著對空間的保存。愈久的記憶便愈像是那種對古老建築的保育般，會竭力地維持著當初的印象。咖啡館兩層，外牆髹漆上白色，在雜亂無章的火車站小鎮裏，本就是「異類」。咖啡館的裝潢也以白色為主調。人進入後，時間慢慢滴漏而逝。當天色稠濃轉黯，它好像在抵禦黑夜的降臨。堅持白，堅持不讓那些醜類有躲藏的空間。

一樓有一排向街的吧檯座位，沒玻璃也沒窗欄。二樓是個閣仔，擺設著六張桌椅。這些擺設都是有語言的。有的是戀人絮語，有的是商業談判，有的是師長叮嚀，有的則是一種沉默。我是屬於沉默的。

我選擇了二樓那唯一靠窗的座位。剛剛離去的是一對年輕的情侶。男是個斯文小伙子，我沒興趣談論他。女是我所喜歡的那種美人。雙臂瘦削，破牛仔袂，束起及肩的髮，和最重要的，她的品性正契合我的想像。

女的名字叫COZY。後來她返回來找雨傘時，我們認識的。

「你有看到一把流氓兔的雨傘嗎？」她說。

「是這把嗎？」我從背包中取出，朝她遞去。

「你拿了我的雨傘，準備帶走？」她說，「你比流氓兔更流氓！」

「我是詩人。信不信由妳！」我稍稍拉動頭上的漁夫帽，看著她。

感覺戴上漁夫帽的我更像一個詩人，只要不走向自殺或活的齷齪便無妨。當「詩人」這個詞語出現後，碩大的雨點聲便由窗外傳來。我朝外看去，雨水正打落在前面馬路間空地的所有雜物上，有木頭車、空箱子、花盆、和一堆啤酒罐。那些響亮的聲音都紛紛同時喊著：

「詩人，詩人，詩人……」

COZY的眼神開始升溫，已超越她此時的體溫37.6度。我從背包裏拿出一張超商發票來，邊寫下分行句子，邊用憂鬱沙啞的男低音誦讀：「不愛白，愛你的流氓／這白色小屋是一個兔窩／世界，只剩下耳朵／聽，那不是雨點，是心跳」。

COZY立在街角的一株紫荊樹下和小伙子爭論著，我聽到他們的話語。

「我剛認識了一個詩人，我們分手吧！」

小伙子沉默。

「我擁有所有了，惟獨沒有寫過詩歌！」

小伙子繼續沉默。

「你很不錯，但你不懂詩歌。」

小伙子大喊了一句：「這個世界是不是發瘋了！」

當他大喊時，樹上的紫荊花隨著雨水紛紛掉下，剎那間紅磚地上鋪滿了紫荊的屍骸。小伙子拂袖而去時，天空瞬間放晴了！

COZY坐在我身旁，她那瘦削的骨骼像極X-RAY片所見的，有絕倫的美。我指著窗外那空餘骨架的紫荊樹說：

「那才是美！」

此後白色咖啡館在我記憶裏，一直未曾變改，彷彿就是那些保育中的古老建築般。

不知甚麼原因進入了這個空間。當意識到我是在「此」而不是在「彼」時，我已回不了頭。

我看到T。

T有七張臉，四肢瘦小如榆樹枝丫。七張臉每天在換，一星期循環一次。我遇上T的那天，是星期六。T是一張青綠色的臉，右頰上面畫有一匹沒有斑馬紋的斑馬。前半身是黑色，後半身是泥黃色，上有不規則的塊狀弧型紋。

當時Q提出質疑：沒黑白斑馬紋的馬，叫斑馬嗎？

我一時無語。因為斑馬在「此」是這樣，在「彼」可能不這樣。但我能如何說服他，這也是一匹斑馬呢？

這匹斑馬離開了T的臉頰，跑到她右邊的胸脯上。T的胸脯豐滿，坡度陡斜。應可標記為36D。我直覺斑馬逗留在這裏的處境很危險。當時我的分析是，斑馬要不滑坡摔傷，要不被埋伏的猛獸攻擊。為此我伸手想把斑馬拉過我這邊來。

「住手，」T瞪著我，「你可是個詩人，竟敢公然侵犯我！」

「不要誤會，」我有點詰屈聱牙，「我怕斑馬危險。」

「你說，斑馬歇在我臉頰上，」T抖了一口氣，「怎會危險！我可是出色的狩獵者啊！」

「每年參與非洲動物大遷徙的二十五萬匹斑馬中，有接近三萬隻會因各種原因死於途中。或渡河時被鱷魚襲擊，或奔跑時被獅子趕上。」我娓娓道來，「妳胸口的這隻，說不定是其中一隻不幸者。」

T低頭一看，斑馬果真停在她左胸脯上。然後她幽幽的擡起頭，說，「怎麼跑到這裏來了！那得麻煩你了，請替我把這頭危險的獸拉到一個安全的地方去。」這段話，T沒有說出來，只不過是我心裏的臆測。

我溫柔地把手伸到T的胸脯上。斑馬起初不馴服，跑到右胸脯去。後來只是略作掙扎，左奔右突，最終還是被我牽上，帶走了。

我再見T時，是相隔了一個夏天的星期二。那段時間，我剛出版了個人詩集《坐在你身邊看海》。T的臉是墨藍色，右頰上面那尾藍鯨，要仔細才能看出來。

這尾藍鯨與科普書上的藍鯨一模一樣，都有一塊青灰色的背部。以致Q沒有提出任何質疑，只說：藍鯨不是都生長於南冰洋和印度洋嗎，怎麼會在這裏見到！

當時我也是啞口無言。因為藍鯨在「此」的生活範圍和在「彼」的並不一樣。但我能如何說服他，這也是一個絕佳的觀鯨地點？

這條藍鯨離開了T的臉頰，停在她的小腹上。因為天氣炎熱，T是小背心，破牛仔褲來赴約，露出的小蠻腰正適宜藍鯨泅游其中。T的小腹凹陷並有著海床般的淺坑。我直覺藍鯨逗留在這裏的處境很危險。當時我的分析是，藍鯨要不是擱淺，要不是被捕鯨人獵殺。為此我伸手想把藍鯨拉過我這邊來。

「住手，」T瞪著我，「你可是個著名詩人，竟敢公然侵犯我！」

「不要誤會，」我有點顫抖，「我怕藍鯨危險。」

「你說，藍鯨歇在我臉頰上，」T抖了一口氣，「怎會危險！我可是出色的捕鯨者啊！」

「包括藍鯨在內，每年或擱淺而死，或被獵殺的藍鯨，數以萬計。單是英國，每年就有六百多條鯨魚擱淺。根據記載，2018.3.23當天，就有一百五十條鯨魚同時在西澳洲海灘擱淺。」我好整以暇，絮絮細說，「妳小腹的這條，說不定是其中一條不幸者。」

T低頭一看，藍鯨果真擱淺在她小腹上。然後她幽幽的擡起頭，說，「怎麼泅游到這裏來了！那得麻煩你了，請你替我把這尾可憐的魚拉到一個安全的地方去。」這段話，T同樣沒有說出來，只不過是我心裏的臆測。

我把手伸到T的小腹上去，來回撫摸，以安定藍鯨的情緒。藍鯨是地球上體積最大的生物，單顆睪丸便重達六十八公斤。尾鰭不斷在翻騰，激起了如潮汐的浪濤。我來回費了不少力氣，最終還是把藍鯨帶走。

T從不在星期天應約，說那是休息日，供她躲在家裏休息。我很好奇，星期天T會有一張怎樣的臉。有一天雨後，我走在陌生城市裏的一條陌生小巷時，目光一直追逐著一隻在牆頭上撲蝶的橘色貓。後來牠翻過矮牆，我好奇的立在一張破舊的石椅子上朝牆外追看，不知何故意然回到了「彼」時來。我約T到一間我們熟悉的咖啡書吧見面。約半小時，T便出現在街口的人潮中。她一身的瑜伽衣，突顯出豐滿的上圍和小腹的馬甲線。她那張臉呢——

「斑馬迷失於草原，藍鯨擱淺於礁石，月亮垂死於海平面，夢流浪在人間。」

忘了是誰的詩句。

王俊下榻的這個商務酒店叫「阡陌」。在D鎮的中心區。中心區有一個很美的名字，叫井岸。鎮東是個新開發區，原本是一大片春天的油菜花田。油菜花很奇妙，子集與母集的美，完全是兩回事。如今兩種美都消失了，換上節次鱗比的商鋪。D鎮北面是黃楊山，山上有一座金臺寺。修繕後的寺廟朱漆門、琉璃瓦，重簷疊翠，金碧輝煌。

旅途奔波，下午王俊在房間小憩。房間設計精致，工作檯的橡木板面放著一座白雲形狀燈罩的檯燈。床頭牆壁上掛著一幅画。是仿美國畫家Joy Laforme的作品。此畫十分療癒。畫中的城市都充滿明媚的色彩。房子都有陽臺，陽臺都種花，花都是繽紛色彩。馬路都有綠化樹，樹都青翠發亮。洋溢著城市人的幸福感。房間的一排落地窗掛上兩層粉黃的窗簾，下臨井岸大道。由北而南，與黃楊河平行貫穿了D鎮。

躺在柔軟的白色床墊上，王俊一下子便入睡了。房間所有的靜物都回歸沉默，只有浴室的水龍頭落下的水滴聲輕微作響。王俊的腦袋也在運行。這個重1.3千克、體積1600立方厘米的器官，140億個神經細胞正努力發酵著一個夢。這是個怎樣的夢，那非要待王俊醒來後才可能知悉。

三顆松果跌落在梳妝臺吹風筒旁的菱形小瓷器上。邊緣沾了銀粉。松果很奇妙，乾癟癟的外表看不出任何生命的跡象，但其隱匿著的松仁卻有無比的生命力，並具有醫療的效用。明朝李時珍《草木綱目》這樣記載：「松果，松樹之實，性溫苦，無毒，人肝腎肺脾諸經，治各髒腫毒，風寒溼症。」王俊的肉體正在時光的流淌中緩緩衰弱，松果應該可以減緩他各個器官力量的消退。

瓷磚有海馬形狀的雕飾。以不規則的方式黏貼在牆上。每隻海馬的尾部都繫著一根綠藻，以防被花灑的激流沖走。已知的海馬品種達五十四種之多，困在這個沐浴間的十多隻海馬應該屬於第五十五種。海馬的左右兩目可以各自地轉動。當左目留下記憶，右目可以遺忘。

約一小時後王俊醒來，把剛才的一灘夢遺留在柔軟的床褥上，逕自走到浴室去。他將文化恤上的門神掛在門後的金屬架上，脫下了阡陌格子紋的寬鬆四角褲。便跨進沐浴間去。沐浴間的玻璃可以看到房間的每一個角落，在這十七分鐘的淋浴時間裏，王俊想到了三個不同的場景：

A 他在沐浴，夏妤躺在床上。

B 夏妤在沐浴，他躺在床上。他在滑手機，好幾次偷看淋浴中夏妤裸露的身體，如一株榆樹有著柔軟動人的枝幹，在大雨中落下了灰白的葉子

C他和夏好一起沐浴。房間的燈火昏黯，如在黝黑的曠野中，只餘下一朵低空的白雲發著微微亮光。

三個場景不斷無規律的出現在王俊的腦海中。慢慢他的身體起了變化。暮春三月，霧氣連同水珠包圍著的大地中，一枝違反地心吸力的旗幡在微微隆起的高地中豎立起來，並將宣示他所屬的領地範圍。最終，王俊的腦海定格在C的場景中。裹著白浴巾，王俊躺在床上。他想，「鴛鴦戲水」真是一個拙劣的詞語，卻偏偏不乏平庸的詩人寫進詩句中。他歇力在構想一首詩，要把待會與夏好共浴的情景記下。牆上那幅都市畫中的人物像在行走，路旁的綠化樹葉子像在搖晃。桌燈那朵白雲慢慢移動，從書桌右上角飄往電視機旁如枯樹般的掛衣架去，並懸掛在其中一條枝丫上。白雲蒼狗，王俊想起宋代詞家王忠維的句子：「淺喜似蒼狗，深愛如長風」。慢慢，他的腦中便出現了這樣的兩行：

把末世的洪水視作最後的共浴
洗刷所有的罪孽，只餘下我們無盡的慾念

落地窗外的樑柱上，一隻蜘蛛不分晝夜的在結網。這是個結網的惡劣環境，城市的灰塵多，空氣渾濁，能爬上十一樓層的小飛蟲不多。蜘蛛的八隻腳不停的在梳爬，如織布機般運作著。對這種節肢動物而言，未結網的想結網，結了網的只能靜靜的守候著。希望會有一隻足夠豐美的飛蟲落入網罟，滿足自我的慾望。

王俊想到台灣詩人林泠詩〈阡陌〉開首的兩句：「你是縱的，我是橫的／你我平分了天體的四個方位」。沒有阡陌，何能相遇！又如何可以共享一片金黃的稻田，共賞漫天的春雨，共聽無邊的蟲喧，遐想愈走愈遠之際，叮咚的門鈴便把它召回。王俊緩緩站起來，夏妤一身黃色春花的連身裙，站在門外。雨水從她的髮梢滑到脖子上，在性感的鎖骨前停下來。山丘上濺濕了的春花，開得更為燦爛。

D鎮不知何時來了一場暴雨。現在窗外的雨水仍暗暗從牆角的雨傘滑落波浪紋理的地毯上。如有人溺水後，凌亂的衣物散落在波浪的另一邊。不旋踵，沐浴間的大雨聲又傳來。看來一時間暴雨不會停止。遙遠的金臺寺上，傳來晚鐘聲，迴盪在黃楊河上，隨湍急的河水流向無盡的大海。

（2022.5.23-10.12）

後記

推演與迷宮

後記

推演與迷宮

／秀實

我一直有在寫小說，那與我寫詩的快樂並不相同。寫詩的快樂常是在寫作的過程中，一點一滴地把你的感情輕輕的從不安的狀態中逐步的安放好。當你擱筆掩卷，你便從「情緒」中返回日常。你感到舒暢，因為你收拾好生活上放不下的某些情懷，安放在你的第幾首詩中。我們的感情常是浮動不安的，包含了許多不明朗的因素。寫詩，有似為一本圖書編碼、包裝與上架，讓它找到合宜的空間好好擱置著。

小說寫作並不一樣。我感覺是走進文字叢裏極為複雜的「迷宮」中。那時每個鉛字都像一個符碼，你得排列整合，才能尋找到出口。卡爾維諾（Italo Calvino, 1923-1985）在談論他未完成的小說《在美洲虎太陽下》時說：「人們在書寫時，其實是被囚在知覺和理解的牢籠中，許多更複雜的東西就被囚禁在其中。我們只有透過更深刻的關照，始能將被囚的東西釋放出來。」（見南方朔〈卡爾維諾的現象學轉向〉，載《在美洲虎太陽下》，卡爾維諾著，倪安宇譯。臺北：時報出版社。2011年。頁6。）這段話把我對小說寫作的懊惱完全準確道出來。先不談小小說，我認為約千餘字的篇幅是另一回事。在寫一篇幾千字的小說，當我進入狀態時，便有著強烈的被文字囚禁的感覺，我糾纏在廣袤的文字叢中，竭力地一步一步尋找出路。那是一個困難卻充滿挑戰樂趣的過程。但，請注意，如同你走進一個複雜的迷宮時，你懷著好奇冒險的樂趣不停試探出路，但過了一段時間若仍未能走出迷宮，尋到出口，那時你便會沮喪不安。因為你想說的並沒有說出來。這也是我一直未敢貿貿然寫長篇的原因。

迷宮(maze)在希臘神話中是克里特島的國王米諾斯命令名匠代達羅斯設計，用來囚禁他半人半牛的兒子彌諾陶洛斯。代達羅斯巧妙地建造這座迷宮，自己卻在完成後無法從中逃脫。小說寫作的過程往往也如此，小說家走進去，卻走不出來。為了尋找「出口」。這裏的許多篇章，我用了「邏輯推演」的述說方式。譬如在〈劍謙心與美人肩〉中，寫到我與賊人僵持不下時，我動用了六層的推演：

A　這個局面下去，只有兩個可能。一個是鐵鏈給鋸斷了，你進入了屋內。一個是鐵鏈始終沒被鋸斷，你只能沿陽臺欄杆逃逸。

B　假設鐵鏈給鋸斷了，你便進入屋內與我對抗。當鐵鏈斷落那一剎那，你仍手握著鋸刀，而我佔有上風之利，能先給你砍上一刀。

C　然後我們開始持械搏擊。a你勝。但身上仍有我第一刀的傷口，逃走求醫時仍得受到警方的緝捕。b你負。在客廳地上淌血，等待警方來拘捕。換句話說，你無論如何都會受到法律制裁，逃不了刑責。

D　你唯一能取勝的是，安全無恙地進入客廳，把我制伏，綁捆我。難然後掠財逃逸。

E　但現在似乎沒有可能，因為我已經醒來，並拿著日本新潟燕三條的「劍謙心」不鏽鋼三德菜刀與你對峙。

F　結論：你沿陽臺爬回你的單位，我當作你夢遊，不作追究。

我不知道這樣嘗試是否成功，或將成為我小說的一個特色來。但無論如何，這個方法很好地解決了我寫小說時的懊惱不安。我相信我仍會持續這樣一段時間。至於小小說，我更重視文字。因為小小說篇幅的局限，它另有一套經營之法。我一直認為，凡是短小的文學，文字必得精悍。如俳句、絕詩、散文詩、小小說等，沒有相當的文字修養，不宜沾手。寫作不下苦功，貪圖安逸的，可以寫「小詩」「打油詩」「小散文」「小故事」娛樂自己。

《被窩裏的蛇》是繼1998年《某個休士頓女子》（香港獲益出版社），2010年《蝴蝶不造夢》（中國江蘇文藝出版社）後我的第三本小說集。集內的小說，寫於

2016到2022年的七年間。回顧這七年，作為一個小說創作者，也真錯失了許多題材。現在留下這卷，旁敲側擊地呈現一個城市人的另一面相。僅此而已。

（2023.6.23凌晨1:40香港婕樓。）

編輯製作小組

秀　實（小說作者）

秀實，香港作家。長時期在香港圖書館擔任小說創作班導師。曾獲「全國微型小說大賽三等獎」等多個獎項。其微型小說〈兩個女孩〉入選《微型小說鑒賞辭典》（汪曾培主編，上海辭書出版社，2006年。頁413-415。）及《最好的小小說》（合著本，北京中國華僑出版社，2010年。頁305-306。）微型小說〈打錯了〉、〈許願樹〉、〈上簽〉、〈愛上文學家的女孩〉、〈蝴蝶不造夢〉等入選《香港微型小說選》（欽鴻編，江蘇鳳凰出版傳媒集團，2009年。頁127-134。）著有小說集《某個休斯敦女子》（港版）、《蝴蝶不造夢》（大陸版），評論集《文本透視》等。並編有《坐井觀星——香港作家短小說選》、《未完成的夢——十二位香港小說家誠意之作》等小說選本。

余境喜（小說編者、評論作者）

《紙情》、《刻意》總編輯。著有《漢語新文學五論》、《截竹為筒作笛吹：截句詩「誤讀」》、《詩路漫漫三十年：劉正偉作品論述》、《卡夫城堡：「誤讀」的詩學》、《二行天地的神會與言詮：華文俳句評論集》、《青林果熟星宿熟：落蒂新詩論集》、《五行裏的世界史：白靈新詩演義》、《甘党女子：姚時晴〈曬乾愛情的味道〉隨想》及《文藝・自然・哲理・愛情：落蒂新詩論集續編》；主編《島嶼因風而無邊界：黃河浪、蕭蕭研究專輯》、《追溯繆斯神秘星圖：楊寒研究專輯》、《詩學體系與文本分析》、《婕與俳的迴旋之舞：秀實、洪郁芬專輯》、《截與閃的焯爍之光：白靈、王勇專輯》、《當代臺灣詩選》及《英語筆欄》；發表論文逾百，獲研究及創作獎三十餘項。

夕　下（小說、評論編者，評論作者）

另有筆名林懿秋，香港詩人，現為出版社編輯。《刻意》藝文誌副總編輯、《瞭望臺》執行主編，現職出版社編輯。創作新詩、撰寫詩評為主，偶寫粵語歌詞分析。作品散見於《創世紀》、《聲韻詩刊》、《虛詞》、《刻意》、《瞭望臺》等文學雜誌。另編有《傳統的回首與現代之共鳴：沙白新詩論述》、《童詩中最美麗的名字：沙白新詩論述續編》、《漢唐：辛牧新詩折射的歷史世界》、《石城楓葉捲潮香：落蒂的詩心與詩作》等。

李沛廉（小說、評論編者，評論作者）

李沛廉，女，香港城市大學中文碩士，曾任出版社編輯。撰有涉及文學、文字學、圖書館學等範疇之文章，見於《蒲松齡研究》等刊物。編有《傳統的回首與現代之共鳴：沙白新詩論述》等。

姜　豐（評論作者）

姜豐，新港籍作家。香港創意寫作研究生畢業。作家、詩人、文藝評論家、拉康派非執業心理諮詢師。著有《遠去的浪漫派的夕陽》、《極速心城》等詩文，做過國內數十位著名詩人和藝術家的獨立評論。

陳俊熙（評論作者）

香港中文大學英文學士，倫敦大學學院考古學碩士，專攻亞洲考古及文化遺產。任職博物館研究員。撰有歷史、文學、民俗學、博物館學文章，見於《刻意》、《紙情》、《香港書評》、《歷史：覆蓋、揭露與淨化昇華》等。

青山雪兒（評論作者）

青山雪兒，本名王紅芳，當代詩人、作家。現為中國詩歌學會會員、中國微型小說學會會員、河北省作家協會會員、河北省文藝評論家協會會員、衡水市作家協會兒童文學藝委會副主任、衡水市作協副主席、《河北小小說》特邀評論家、《衡水日報》《衡水晚報》《台客詩刊》專欄作家、《冀州詩詞》主編。曾獲河北省十佳縣域詩人、馬蓮花貢獻獎、2020年度《作家周刊》榮譽作者、《鹿禾評刊》2020年度優秀評論員。

余城旭（評論作者）

余城旭，香港大學中文學院畢業，《刻意》藝文誌副總編輯。撰有詩、詞文論，見於《刻意》、《紙情》、《秋水》等，編著《青林果熟星宿爛》、《文藝·自然·哲理·愛情》及《甘党女子》等。

Fanny（書刊設計）

《被窩裏的蛇》小說封面設計。

Ming Pun（書刊設計）

參與《刻意》第四期、《落蒂詩選》、《石城楓葉捲潮香：落蒂的詩心與詩作》等製作，插畫獲選與國際詩人沙白作品相配，受到肯定。

目錄

無名之虎：

讀秀實小說〈遇虎記〉

姜豐

I

你們知道嗎？香港不僅有野豬，也有老虎，如假包換的華南虎，地址在金山郊野公園（新界沙田區），野生的。發現人：秀實；時間……「等等，你不會認真的吧？香港野豬是有的，甚至一度多到成群結隊傷人，要出動警隊獵殺，甚至導致警員受傷，但是——老虎？華南虎？」這實在超越了我的想像力，香港是個文化駁雜的城市，古今中外、異色萬端，老虎？你是在說一個象徵吧？這不會是真的。

「好吧！你們對了。」說話的人就是秀實，他深深的陷落於沙發深處，像一枚couch potato，他抬頭，他小說裏寫過的那隻有華南虎姿態、魂魄的名為Bella的女性（他的小說裏說「女性」而不說是「雌性」）英國短毛貓正站在高高的櫃子上用研判的目光望着他，他苦笑，像幽困於海底的烏賊般深深的嘘一口氣，氣息迴盪、悠悠不絕，客廳外邊的人如同洋流裏挾的珊瑚蟲們甩過頭，望向這邊，大概會以為這裏多了一團被烏賊吐出的墨團瞬間圍困。

II

這是我讀秀實〈遇虎記〉之後腦中自動迸出的一幕幕。

是這樣，要看一位真誠的詩人寫出的小說往往是這樣——詩人的智商和求真意志不容許他只用幻美、高蹈的文辭編織另一個世界的異域之真，僅僅樸實無華地寫出事物、話語之真及其折射的精神現象，已經是詩意安居了，犯不着越界到小說家那裏，表達另一番虛構外殼的詩意敘述。

一句話，有風險！這風險就是詩人的求真意志會佔上風，於是在虛構上缺少了小說家那種豁出去的勇氣。儘管豁出去了也可以寫出另一種真實，〈遇虎記〉卻還是內斂、高貴的，只是虛構一頭不存在的老虎。華南虎，大概也就到了詩人秀實虛構的極限了，談不上豁出去。

古今中外詩之為詩往往是一種無以名狀、道說之物，詩性精神則是文化根基之秘密源流。秀實基本是以詩人身份為人所知，他的小說〈遇虎記〉寫出的是原始生命力開疆闢土的一種異域經驗，文中與他兩位「植物性」的異性朋友互動，饒有趣味，與她們相聚於疫情期間，自帶一份「生死之交」的感覺（現在成為生死之交好像容易了，只需要不怕身邊隨時遇到的人是新冠陽性而熱情聚首，就彷彿「生死之交」）。老虎、華南虎，這是秀實小說中相遇自我的一個化身，而那只Bella母貓則是一種喚醒的姿態、動勢、回聲、形象……「未多久，他從我側邊的地板走過，依舊是身軀橫着，頭85度的朝我。我驟然想到：那不是我在石梨貝水塘遇上的那只華南虎的姿態嗎？簡直一模一樣，沒半毫釐之差。」小說裏寫到的這一時間經驗無疑是顛倒的，現實中肯定是先看到了Bella才有了華南虎意象的喚起（我要說這是一種類似勃萊「深度意象派」路向詩意經驗的小說化敘述）。

小說中又寫，「在晚餐外賣送到前，它這樣的在我身旁招搖，至少有四五次之多，彷彿有甚麼話要對我說，而終於我恍然大悟：Bella就是那只我在石梨貝水塘遇上的華南虎，它為了隱匿行蹤化為另一個角色而藏身於葵花家裏」。秀實就像一個偵探般煞有介事地從感知的邏輯中重新看到華南虎的存在，續後還有許多，茲不細述。

〈遇虎記〉不是不好，相反，很好！因為感覺到詩人秀實的真誠而愈發感到此篇的另類之真，那是一種主體精神異化的生命之真的化身

展示——華南虎！這展示是隱忍的，如小說中言，「華南虎是極度瀕危的物種，存活本身便懷有重大的使命，Bella的眼神信任我，我會緊守這個秘密，讓他可以在這個人吃人的城市裏安然地活着。」

III

我認為〈遇虎記〉很好的緣故有私人原因，譬如我也曾寫過人異化成獅子、老虎（真巧！說來自己也覺得神奇）的詩化小說，還有一篇是講述卡夫卡式的人異化成甲蟲、生化甲蟲、聖甲蟲、老鼠、飛馬、半神……如此漫長身體／心靈變形記的小說，心靈的曲徑通幽處與人互通，會有豁然開朗之樂。

若說公共原因，那麼大概是〈遇虎記〉表達的人生存於世避免不了異化（異化成老虎是不是比起異化成甲蟲更好？這是個哲學問題，不便深入談）的一點悵惘，這是相當普世的經驗，且我們生存的外在經驗世界對於人的幽微精神生命與動物的連接是偽善或簡單、粗暴對待的，如剛剛上海和香港都通過了為了防範疫情而發生的簡單滅除寵物的法律法規，無數寵物愛好者和主人們在無數群裏、融媒體叫苦連天着呢！這個時候看〈遇虎記〉，有種莫名的同契感。

IV

又回到秀實的作為詩人的寫作向小說家「越界」的問題，筆者更願意在一種詩性精神的總體認知中將詩、小說看成一回事，於是從秀實〈遇虎記〉，我們又能讀出一種「在場／反在場」形而上學的哲思。

譬如用拉康的對象A看，A大概是形而上學自贖的一個爆破性的概念，「華南虎」就是秀實小說中的A，一個出離於西方語音中心論與東方象形表意之在場的概念，對象A作為心靈聚集式連線的聚合體，既非語音，也非形象，而是在二者之間，實在要說它是甚麼，大概是一種與時間互久同時性存在的歷史遺蹟，類同阿房宮、金字塔這類廢墟與堅持存在的「精神廢墟」，只以它們固執的一點形式感存在，標識出歷史的虛無感，一如華南虎不是語音，然而小說中呼嘯聲綿長不息；華南虎不是形象，無論秀實寫得多麼煞有介事，這回事兒是不存在的，存在的只是他心中「荒野的呼喚」式詩性深度意象。

德里達也在談他自造的「延異」（différance）這一「拼音文字中的象形文字」概念時闡述過A，那是對於法語詞difference（意為差別、差異、除去……不同之外）的一種解構主義閱讀，A嵌入、置換於difference，語言便不再是索緒爾式的一片樹葉的正反面式能指、所指的對應關係，而是鏡像式歷時發生的三元之物，由此避免黑格爾式傳統慣性邏輯，容易墮入絕對的主觀唯心主義的想像虛構之境。延異如虎，不可把捉、操控，是原始的語言經驗，超越了「在場／不在場」，而在時間歷史中分沿經驗，由此秀實可以理直氣壯的把時間顛倒，明明是感知在先的看見Bella後面寫，感知在後的「遇見」華南虎前面寫，就出現了詩人小說真幻交織的奇景。

儘管德里達沒有直接援引拉康，但是A蘊含的後結構、解構主義讀法的誘惑始終存在，譬如無論德里達還是拉康都曾談到的A代表「隱蔽的看見」，那是一種幽靈式的書寫場域中的關係，同時對象A的意義又是一種時間空間化的藝術，話語永遠是一種背後壓迫着表達主體的想像的、推遲的在場，是表達的同時回撤自身的無名之物，由此是反在場，構成種種與時代的隱喻深度的張力關係，秀實通過一頭臆

想的華南虎，一頭根本上的「無名之虎」抵達了一種新的書寫場域，或者未來也會在小說世界裏開疆闢土，倒也未為可知。

最後我還要說，〈遇虎記〉是一個好小說與它表達的清晰、真實、硬朗有關，從開頭第一句，「我懷着一個秘密，一直不曾對人說。」表達就是堅實的，富於現實感的，如同卡夫卡〈變形記〉開頭那樣硬朗，這份硬朗、細節感充實（如前述的偵探式認真等，識者俯拾皆是）一直維持到結尾。而〈遇虎記〉的缺點也是明顯的，那是一個孤獨詩人苦澀、高傲內心的廣闊世界的問題，茲不細論。

再說一遍，無論秀實寫得多麼煞有其事，香港的這頭華南虎是不存在的，是一頭無名之虎，不過，我們還是要說的 —— 讓我們重讀〈遇虎記〉結尾作為本文結尾吧：「因為城市急促擴張，森林面積大幅減退，華南虎以另一種方式，懷着重大的使命在這個城市裏苟度餘生。並且我會多來看牠，因為我已然體會到牠那種王者的孤寂。」

書寫中的城市拓樸學：

試讀〈電話亭〉的城市空間、人和物

陳俊熙

〈電話亭〉首句開宗明義，書寫城市面貌的改變。小說寫在2017年，不僅電話亭，其中的舊區場景也正逐漸消失。小說不僅承載了作者的個人回憶，更重現了香港城市生活的文化記憶（cultural memory）。故筆者將試以城市文化（urban culture）的角度解讀〈電話亭〉。

城市的「漫遊者」

關於城市文化的觀察，不能不提「漫遊者」（Flâneur）。受法國現代詩人夏爾．波特萊爾（Charles Baudelaire，1821–1867）的啟發，文化研究學者班雅明（Walter Benjamin，1892–1940）有感於現代的空間規劃（如巴黎等大城市首當其衝），生活方式以至思想皆為之侷限，提出在城市中漫無目的地「漫遊」，在街道上散步和觀察，引起對空間的再想像（re-imagination），與空間的桎梏抗衡。這種對城市空間的觀察，促成了城市文化的研究[1]。

〈電話亭〉的書寫裏，不難發現作者具有「漫遊者」的特質。「漫遊者」的形象是具觀察力而孤獨的，漫步在巴黎（the image of an observant and solitary man strolling about Paris）[2]。巴黎是「漫遊者」的起源地，後來泛指大城市。小說中，作者似乎都在隻身步行。譬如，「每天早晚兩次，我都會從電話亭旁邊路過」、「上班時從地鐵站匆匆穿越新區大廈間的綠化道」、最後與阿丹「走向城的另一端」，從中仔細地觀察街道上的景觀、人和物，以至道路本身：他看見新區「紅磚地板」上，因粘着種籽，引來鳥群啄食，又留意到舊區水泥地日久失修，觸感是「凹陷不平」的。「漫遊者」的步調是緩慢的[3]，作者甚至會停下來，「立在一條燈柱下」，默默看着儷洛通電話

五分鐘之久。

城市的新舊空間

身為「漫遊者」，作者對新、舊區空間的覺察相當敏銳，從描寫的視角，可見作者與新、舊兩區的關係。舊區的大部分描寫是平視的，對象是可觸及的人和物，如電話亭內外的人、「路邊溝渠堆滿雜物」、「麻雀群晾在電線杆」、屬於舊區的阿丹出現在「前方斑馬線的路口」的人潮中，親近的視角反映舊區是作者熟悉且懷念的。儘管環境是殘舊雜亂的，甚至以現代生活標準來說是貧乏的，如同代表舊區的阿丹——「瘦如吃剩的魚骨架，胸肋粘附少許肉」，這讓讀者聯想到雞肋，食之無味，棄之可惜。舊區雖殘破，卻保留了舊式的市集和食肆，是真實的（authentic）、連繫社群的生活空間（lived space），可以建立地方感（sense of place），「韻味悠長」。在今天的都市語境中，舊區在「傳統與新派間的擺渡」，體現於歷史建築活化，在「保持舊有抑或接受新潮」之間「舉措失據」。若「抱殘守缺」，完全維持建築物原貌，恐會顯得破敗落伍，而遭嫌棄，落入「晦暗」之中，如「放開懷抱」，改頭換面，又怕會失去本身的韻味。

新區截然不同。作者並非以散步的方式進入新區，而是乘坐地鐵，雖然快捷，但線性的行程已可預計，限制了「漫遊」的隨意，綠化道也是被規劃好的，在大廈間侷促的夾縫間。故視線多為俯仰，如舉目望向「黃鈴木的樹梢」，或低下頭看「紅磚地板」等景象，而象徵新區的儷洛，在「大廈夾縫間的天空」的佈景中出現，其風衣也讓作者聯想到「在城市的上空裏」飛舞的黃蝴蝶。蝴蝶的縹緲、如璀璨的煙火般稍縱即逝，呼應着現代都市生活「無地方性」（placelessness），人可隨時隨地流徙，或被取代[4]，故儷洛是永恆孤獨的。垂直的空間和

視角正是香港現代化的特徵[5]，摩天大廈如儷洛般時尚迷人，「披着一道亮麗的色彩」，並且整潔優美，如綠化道鋪着紅磚地板，鳥群活躍，雖顯得「嬌俏而自信」，生活和人的痕跡卻在此缺席。作者縱使未有言明，讀者大概可知新建的商業區，上班族自顧自忙碌，鮮見閒逸的路人，加上綠化空間多為符合城市規劃而生，少有人性尺度（human scale）的考量，設計高度標準化，並不吸引遊客前來，故不難理解作者最終的歸宿，是舊區裏的生活空間。

情境主義（Situationist）理論家德波（Guy Debord，1931–1994）[6]云：「一般人認為優雅的街道會帶來滿足感，而糟糕的街道會讓人感到沮喪，僅此而已。事實上，各種景觀拼合的可能性，類似化學物質的各種組合和反應，會喚起種種複雜的感覺。」[7]作者不僅對「優雅的街道」（新區）、「糟糕的街道」（舊區）觀察深刻，更在形塑儷洛和阿丹的角色時，暗示對新舊空間複雜的情感。

城市的「異質空間」—— 電話亭

電話亭是小說的主題，貫穿着新與舊的空間。它曾是舊都市裏通訊的小空間，也是在舊區重建後的街道「倖存」的歷史遺物。今天雖已絕跡於香港街道，除了可往香港歷史博物館參觀外[8]，讀者更可透過作者細緻準確的描述，想像昔日街道景觀裏的電話亭。香港最早的公共收費電話亭可追溯至1953年，當時香港電訊公司從英國引入電話亭。翻查舊報章，有些電話亭會像英國所見的漆上紅色[9]，亦有不少是「綠格子玻璃小屋」，因為綠色的油漆是當時庫存量高、便宜的物料，常用於公共建設[10]。而玻璃窗門的設計，令「致電者立於亭中，可見街外動靜」[11]，而在內向外觀看，因玻璃厚薄不一，會產生輕微的折射，所以「路過的人看起來卻是趣味盎然」；「必要時可以將玻璃

窗門關上，使談話聲不會外揚」[12]，而且有電燈照明[13]，故此在夜裏「恍如一座孤單的堡壘」，有着「空晃晃的燈色」。

電話亭「空晃晃的燈色」渲染「孤寂與虛無」的氣氛，見於不少文藝創作，如王家衛的《阿飛正傳》（1990年）中，超仔（劉德華飾）等待蘇麗珍（張曼玉飾）來電，有一段對白：「我從來也沒想過她真的會打電話給我，但每次經過電話亭的時候我總會停一陣子。可能她已經沒事回澳門去了，又或者她真的只需要有人陪她說一晚話。」畫面中劉德華落寞而去，漆黑中電話亭微弱的光留在空鏡中，與〈電話亭〉中「空晃晃的燈色」遙相呼應，可見電話亭構成了文化記憶中的城市地景（cityscape）。

地景裏也不乏圍繞着電話亭的使用者，及其與「電話線的另一端」的連繫。等待蘇麗珍的超仔，就是其中的典型。他是〈電話亭〉中的「長頸鹿」，深切盼望對方接聽電話或回電，引領以待，如俗語所云：「等到頸都長」，「從電話亭頂蓋穿越出來」，「又焦急得把電話線圈拉的綁綁緊」。又有人把電話亭當作私密的小天地，喋喋不休，像松鼠在樹洞中，痛快地啃食核桃。可見作者除了描寫電話亭本身，也對使用它的都市人觀察入微，不僅重現了以往街頭的人文景觀（human landscape），更從中產生詩意的聯想。這正是波杜黎所說，群眾是「漫遊者」的元素[14]。

小說中，電話亭是都市中的「異質空間」（heterotopia）[15]，既是存在於街道上寫實的空間（real space）（如文中「我」親眼看見儷洛正在使用電話亭與人通話），也是跨地域的聯繫渠道（如「我」與阿丹通話）。電話亭更具有「異質時間」（heterochronism）的特性，即同一空間連繫着不同的時間片段——它歷經舊區重建而「倖存」的

「一座孤單的堡壘」，是當世裏的過去（past in the present）。雖然在當世它「僅是為了廣告宣傳」而存在，但作者透過書寫，將過去重現（past presencing），以回憶賦予它意義：電話亭不僅寄託了作者對逝去感情的惦記，也承載了電話亭建構的連繫感（connectivity）和共時性（simultaneity）——「永遠在電話線的另一端」的記憶。對讀者而言，電話亭 ／〈電話亭〉的書寫更是香港城市地景和人文景觀的集體記憶場域（Lieu de mémoire）。

注釋

1 Merlin Coverley, *Psychogeography* (Herts: Pocket Essentials, 2006), pp.57-59.

2 Rebecca Solnit, *Wanderlust: A History of Walking* (London: Verso, 2001), p.199

3 Walter Benjamin, *Charles Baudelaire: A Lyric Poet in the Era of High Capitalism* (London: Verso, 1997), p.54.

4 艾蘭．普瑞德（Allan Pred），〈結構歷程和地方——地方感和感覺結構的形成過程〉，許坤榮譯，《空間的文化形式與社會理論讀本》，夏鑄九、王志弘編（臺北：明文書局，2002年），頁100。

5 巴里．謝爾敦（Barrie Shelton）、賈斯蒂那．卡拉奇威茨（Justyna Karakiewicz）、湯瑪斯．柯萬（Thomas Kvan），《香港造城記：從垂直到立體之城》（*The Making of Hong Kong: From Vertical to Volumetric*），胡大平、吳靜譯（香港：三聯書店，2015年）。

6 繼班雅明等學者之後，新左翼學者德波在1950至70年代推動情境主義國際運動，他主張觀察並重新想像都市空間，建構積極本真的生存情境。

7 Guy Debord, "Introduction to a Critique of Urban Geography," *Situationist International Anthology*, ed. and trans. Ken Knabb (Berkeley, CA: Bureau of Public, 1981), pp.6-7. 原文為："But they generally simply assume that elegant streets cause a feeling of satisfaction and that poor streets are depressing, and let it go at that. In fact, the variety of possible combinations of ambiances, analogous to the blending of pure chemicals in an infinite number of mixtures, gives rise to feelings as differentiated and complex as any other form of spectacle can evoke."

8 香港電話公司於1986年贈予香港歷史博物館（當時稱香港博物館）一座1949年由英國引進的電話亭。

9 《香港工商日報》，1953年12月22日。

10 《大公報》，1953年12月23日。

11 《華僑日報》，1953年12月20日。

12 《華僑日報》，1953年12月20日。

13 《大公報》，1953年12月23日。

14 Charles Baudelaire, *The Painter of Modern Life & Other Essays* (London: Phaidon Press, 1995), p.9.

15 或稱「異托邦」、「差異地點」，指涉介於真實空間（real space）與烏托邦（utopia，虛構空間）之間，既真實又虛幻的空間，凝縮多樣異質事物，同時再現、對立或倒轉。參考米歇．傅寇（Michel Foucault），〈不同空間的正文與上下文（脈絡）〉，陳志梧譯，《空間的文化形式與社會理論讀本》，頁403。

對存在的疑問追究到底

青山雪兒

秀實的小說具有理想主義的色彩，也具有現實主義內容。他屬於那種風格獨特、幽默風趣、詩意盎然，極富有浪漫主義氣質的敘事者，是富有創造精神的小說家。博覽群書一向是他的愛好，他有靈活多變的思想、豐富多彩的生活和五彩斑斕的夢幻，因此他可以平靜地描繪現實，並且描繪得總是那麼準確真實，奇妙靈活，充滿情趣，耐人尋味。他在探尋人的生命存在內涵時，不斷地向自己發出疑問。通過三個看似互不相干、彼此有別，卻生動有趣的小故事，把若干巧妙的懸念、新穎的表現技巧、人物的心理描寫、對話形式以及微妙的暗示有機地聯繫在一起，在這樣的基礎上抓住某種能夠重新賦予生命以某種意義的普通事件，從三個方面逐漸深入，層層遞進，向我們展示出一個更為開闊，更為神奇而美好的純真世界，使表現愛情題材的小說增添了心理分析的詩意。

〈電話亭〉的故事具有自傳性質和細緻的心理描寫特徵，作者在現實主義的框架內再現「舊區重建」的典型環境，他的思維不斷地從一種狀態過渡到另一種狀態，憑藉敏銳的現實主義觀察力和豐富的想像力，捕捉現實生活的細節。他在小說中藝術地描寫了個人的愛情經歷，一個是嬌俏自信、孤寂迷人的儷洛，一個是單薄瘦弱、搖擺不定的阿丹；一個象徵新區，一個代表古舊區，兩者反覆地交替出現，構成了小說〈電話亭〉一種完美的藝術境界。〈電話亭〉中有許多場景，描繪得極為生動有趣，尤其是對具有象徵性的電話亭的描寫。作者在面對這個讓他感到長久壓抑的〈電話亭〉時，他面對的並不僅僅是那片玻璃，他面對的是另一個問題：玻璃和門哪一個更重要？也許，這會有三種可能性：第一種他選擇玻璃，也就是說，他將與這個世界繼續保持距離。第二種，他選擇門，把門留給後來者。第三種，他不選擇，繼續維持現狀。作者懷着一種甘苦參半的心情，把這種愛情經歷當做人生來品味。在他的感傷浪漫主義筆調下，暗示玻璃內外不同的映像，

景物和人物如同夜晚的孤燈與雨粉，象徵着男女主人公的無奈、悲哀和感傷。

〈貓〉的故事情節很簡單：作品以貓的口吻講述了一個獨居者正在看日本色情片。沒有誰能醫治好一隻貓的孤獨，哪怕是一對最忠誠的伴侶也不行。每隻貓都關在單獨的籠子裏，籠子上不一定都寫有貓的名字。為了躲避從女人身上散發出來的難聞的香水味，一隻貓不得不鑽到沙發底下，又安然無恙地鑽了出來，進入一隻泥色的陶瓷青蛙的夢幻世界：我不懂他的意思，仍舊注視着那個水盆。它注滿了水，當中疊着二片青色磚瓦，上面放着一隻泥色的陶瓷青蛙。我很喜歡，因為那頭青蛙氣定神閑，搖蕩的水面倒映着一小塊城市天空。吃飽了我常靜心閱讀着。作者的觀察細緻而客觀，他不斷地插入個人的感想，從針對現實生活轉向虛構的世界，以他特有的如陶瓷般細膩敏銳的直覺，看到暗黑角落隱藏着的東西……一切都像幽靈。看見的，或者看不見的。聽見的，或者聽不見的。存在的，或者不存在的。一切都在夜裏顯形。單就他作品動物化的人物內心獨白描寫而言，就足以證明作者同現代主義的密切關係。

〈水淹書店〉是一篇感人至深的故事，確切地說是關於「我」和惠兒的故事。小說人物和故事都帶有浪漫色彩，情節頗為引人入勝。在藝術上最突出的特點有三個：一、運用閃回技巧，如在小說開篇敘述中巧妙地插入了作者對兒童時代閱讀的一本小說名著的介紹，由此衍生出一個偶然的小故事。二、人物的心理描寫，如「我」在星光書店等一個姑娘時所做的潛意識的活動和想像。三、在敘述形式上，充分採用對話和人物內心獨白的形式，讓人物充分表露內心的感受和人生體驗。在秀實的作品中，語言是血肉，是靈骨，是核心，是一切。生命是第一次循環，死亡是第二次，而作者所熟知的黑暗輪迴，即是不

可改變的現在，是永恆時光中生命的輪迴，不是死亡。滄海變桑田，還是桑田變滄海呢？誰有那麼大的威力，手指滄海桑田，就能指出一條光明之路呢？米蘭．昆德拉在《小說的藝術》中說：「使一個人生動意味着，一直把他對存在的疑問追究到底。這意味着追究若干個境況，若干個動機，乃至使他定形的若干個詞。」從某種意義上說，使他定形的純粹的和獨立的若干個詞或者短語，如燈塔，如白蓮，那是來自人的靈魂深處最隱秘、最感人又最溫和的光亮和馨香，它以某種神秘的，聖潔的，不為人知又不可言說的方式存在着，如小小的葡國蛋塔燈塔般浮於海面之上，如白蓮般自由綻放，自我閃耀，獨放異彩。

這不是一幅靜止的拼貼畫：

解讀秀實小說〈彼此〉

青山雪兒

2022年，臺灣《台客詩刊》第27期專欄「城門開」，秀實在〈南冠客思深〉一文中指出，詩選的好壞，不全在於選了誰又遺漏了誰，也不在誰的篇幅多與寡的不均，而在「選心」，選也是一門學問。在近期的小說閱讀中，我斗膽以「選心」選讀了秀實的小說〈彼此〉。

初讀〈彼此〉，我就十分喜歡，奇特、精緻，耐人尋味。說到奇特，我想到布萊克的那句話。他說，倘若我們的感官關閉着——如果是瞎子、聾子、啞巴等——我們就會看到萬物的樣子：無窮無盡。在完全放棄自我狀態的價值之後，秀實借助「此時」進入了另一個空間，他把不同動物的本性更直觀地置於人類的右臉頰上，以它們特有的法則，對靈魂的本性和理性存在者的人格性進行了仔細的研究。他給了一個女人七張不同的臉，七張臉每天在換，一星期循環一次。在不同的時間段，她臉上會顯示出不同的動物類型，就像她的腦袋裏安裝了一根發條，每天上緊後，就會發生不同的事件，就會自行完成她自己的「機械運動」。此時，他忘記了自己。此時，他看見了她。彼時，就此過期失效了嗎？他讓我們看到一個實存者自身的存在與顯像中的事物的存在，它們是如此不同，又那麼相似。

再讀〈彼此〉，我改變了一開始的閱讀方式，採用了另一種解讀方法：穿插式閱讀。首先，我在蔡楠的小說集《魚圖騰》這本書中，找到了我特別感興趣的另一篇小說〈臉〉。兩者並存，形成對照，我再次體驗到心靈分析家的妙趣。我驚奇地發現，在這兩位小說家奇妙的頭腦中發生了一些甚麼。兩篇小說彼此有別，卻十分生動有趣。其相同之處在於，它們都在寫女人的臉，它們都否定了傳統空間，它們的幻想均產生於真實的、永遠可見的現實情境，只是在描寫臉的細節上發生了微妙的變化。這些不同的描寫，異乎尋常、令人驚奇，但在他們看來，這不過是最平常的生活的自然表現。蔡楠在〈臉〉中更側

重臉的顏色、薄厚、質地，從紙質臉變成平面絨做的布臉，最後變成牛皮臉；秀實在〈彼此〉中把注意力集中放在一個女人不同的臉上，但未曾將七張臉組成奇特的拼貼畫，而是只選取了幾張他能夠看見的「臉」，而且只要讀者喜歡，可隨意調換不同的動物圖案，從而形成另一幅拼貼畫。兩位小說家的誇張手法，都收到了意想不到的藝術效果。

在小說〈彼此〉中，秀實多處採用魔幻描寫，以加強故事的趣味性，例如，「T是一張青綠色的臉，右頰上面畫有一匹沒有斑馬紋的斑馬。前半身是黑色，後半身是泥黃色，上有不規則的塊狀弧型紋。」再比如，「這匹斑馬離開了T的臉頰，攀爬到她右邊的胸脯上。T的胸脯很大，坡度陡斜。應可標記為36D。我直覺斑馬逗留在這裏的處境很危險。當時我的分析是，斑馬要不滑坡摔傷，要不被埋伏的猛獸攻擊。為此我伸手想把斑馬拉過我這邊來。」如此離奇的情節，讓我對這匹沒有斑馬紋的斑馬，突然產生了濃烈的興趣。也許，牠害怕被人視為「神靈」，只是牠有沒有想過要用一片樹葉遮蓋起自己的身軀呢？僅是一個幻影，就能夠在一個女人的臉上看到牠的腳印嗎？為了使自己疲勞，牠還會繼續做夢嗎？還是想被小說家「牽走」呢？「每年參與非洲動物大遷徙的二十五萬匹斑馬中，有接近三萬隻會因各種原因死於途中。或渡河時被鱷魚襲擊，或奔跑時被獅子趕上。」讀到這裏，我們可不可以這樣說，斑馬危險，尤其是出現在一個女人臉上的時候，或者會更危險。

更有趣的是，在小說結尾處，此時與彼時相對照時，誰也不知道臉去哪兒了。此時與彼時之間有時空的跳躍和人物的複現，筆調冷峻，卻不無憂慮。小說寫的是一場永無終止的夢，女人多變的心靈是一個謎，不管是超級謎，還是低級謎，她是否在一首詩中夢見自己醒了？是否迷失了自我？是否還會繼續迷失自我？「斑馬迷失於草原，藍鯨

擱淺於礁石，月亮垂死於海平面，夢流浪在人間。」秀實所引用的這四行詩句，無需做任何過度性的解釋，而是讓讀者去思考和想像。

城市中的愛：

讀秀實《被窩裏的蛇》呈現的愛

夕下

秀實繼《某個休士頓女子》及《蝴蝶不造夢》後，推出個人第三本小說集 ——《被窩裏的蛇》。此小說集，描寫不同人物發生之事及表達情感，那些不曾發生於自己身上的事情，不代表未曾存在。以此為切入點，呈現整個城市真實面貌。全小說集，大部份文章都探討愛情，只有數篇著筆非愛情事宜。當中，筆者留下深刻印象有兩篇，分別為〈水淹書店〉和〈芭比娜的故事〉。其故事所呈現的愛情觀，蘊含着何為愛的討論、自主意識抬頭下如何惜愛自己。內容之佳，促使筆者集中討論，使讀者細味當中作者的細膩表達。

〈水淹書店〉作為「澳門三部曲」之二收錄於《被》中。「澳門三部曲」訴說戀人間的嬉戲、不離不棄和慾望情感。三篇相較之下，筆者認為〈水淹書店〉所講述的愛情故事雖較為誇張，但所探討情侶的愛如何由「不切實際的愛」發展成「真愛」，是每對情侶需面對的課題，實屬重要。故事大意講述，「我」於澳門「星光書店」等待惠兒下班，看書消遣之時所發生的意外，使「我」對惠兒的愛越加強烈，認定對她是真誠的愛。

作者以基督宗教概念「信、望、愛」三字作為中心思想，貫穿全文。當然，作者並非全以「信、望、愛」宗教含義套入文本中，而是借用部份意思，繼而詮釋三字的定義，對象亦非耶穌基督。以澳門著名地標，東望洋山內三座截然不同的建築導出「信、望、愛」：教堂代表「信」、炮臺代表「望」、燈塔代表「愛」。

宗教概念中，「信」應理解成對上帝或耶和華的信心，而非單指相信或信任一詞，作者則取對伴侶信任（或可視作安全感的意思）。信心非突然擁有，需要一定時間建立，伴侶者更甚。雖然筆者並不認同其做法，但體驗信心的多寡，考驗乃最直接方式。《聖經》中，不乏考驗信徒對信仰堅定與否的事例。故事裏，「我」等待惠兒下班時，

大雨驟然落下，擔憂惠兒安全與否，從而腦中生出三種假設。此為第一個考驗，考驗她有否足夠能力和信心渡過難關。不久惠兒亦有所回覆平安，首考驗安然渡過。

為保持情節張力，第二考驗亦隨之出現，其考驗比第一次考驗有過之而無不及。滂沱大雨，雨水湧至書店內，架上的書開始墜落於地。作者在此特寫《浮世畫家》隨水漂至「我」腳下。作者借書名「浮世」比喻當刻處境形同漂浮汪洋大海的世界，生死難料。並且，《浮世畫家》內文寄喻讀者應對未來有所期盼，書本這一象徵載體卻倒於大海，「信」一詞彷彿隨時失去，希望亦看似熄滅。

作者引用「滾滾長江東逝水，浪花淘盡英雄」及「尾生之信」，形容狀況之差。前者講述若不幸因此死去，儘管「我」非偉人或名人，亦會如同他們成為過去、歷史的一部分。後者以對比手法，相同處境下，其思想有所不同。尾生為「色」，決定「緊抱橋墩」最終淹死。但「我」於危急存亡間，依然思念惠兒的安危，對惠兒信心不減反增，促使成為「望」的開始。

「望」，應解為盼望，是以「信」為根基，忍耐至確定之事。當「信」經歷考驗越大，「望」亦會因而上升。「我」拼命掙扎求存，冀望惠兒到來，她成為希望的一束光。最終不負所望，成功等到惠兒到來。「信」與「望」，成就了「愛」。若以簡單方式理解，「信」與「望」達到某程度時，「愛」就會出現，只是需要時間達成。雖然經歷兩次考驗時間很短，但危險之中，人所體驗的時間確實會變長，正好呼應了故事開首提到「教堂與炮臺建於四百年前，燈塔不過百五年，有教堂的信與炮臺的望之後的二百五十年，方才產生出燈塔的愛」，作者亦以此作為故事結語。

「愛」是結果亦為往後延續戀情的基礎，「信」與「望」則為達到結果的過程經歷，缺一不可。而當中「信」的建立最為艱苦冗長，也最為重要。因此，文中所描寫「信」的筆墨佔全文大部分，幾乎佔了三分之二。作者透過其著筆之長，使讀者身同感受，理解其重要性。為「我」如何經歷嚴峻考驗（信），用堅定意志（望）努力對抗，使愛不再停留口述，虛無抽象之流，而是實實在在的真愛（愛）。

若果〈水淹書城〉代表如何在患難中體現真愛，那〈芭比娜的故事〉則細說了愛情中的無奈。故事大意為「我」與芭比娜（下稱芭）情同姊妹，雖相約不交男友，但芭於大學四年間與叫潘朵拉（下稱潘）的男子交往，及後所發生之事成為分水嶺，促使巴為自己往後的人生作主。

「男人沒有好的，我不容許租客把男人帶來。」出自文章開首部份，而此句經已點出全文主旨，亦為往後作鋪排之用。隨着故事發展，不難發現芭比娜展現出女性自主意識，不屈服以往社會定型女性角色。女性自主意識可大概歸類為五個階段：一，混沌期；二，初醒期；三，衝突與驗證期；四，豁朗期；五，統整平穩期[1]。但注意，女性自主意識抬頭並不代表她們並無愛的權利，只是一切以自己為先，作出最好決定。

文中並未有著筆提到第一及第二階段，選擇直接由第三階段開始。芭執意要「我」參與她與潘約會，過程中，芭講出意外懷上潘的孩子，並討論如處理，得出結論是回到南部結婚，並將孩子撫養起來。但回程期間，芭向「我」坦誠說出不要孩子的決定。對應於第三階段的衝突與驗證期，雖然文中未有提及此決定的重要因由，但還能以前文後理作出推斷，選擇愛自己還是他人這種無奈的愛情抉擇。

前半部，作者描寫了兩次芭誘人婀娜多姿軀體，象徵對兩性間的慾望，不論是對愛情，甚或是性慾的追求，這些皆以感性作出發點，而非如同文章開首般理性地認為「男人沒有好的」。及後，以「我」畢業論文題目「瓦雷諾的海濱墓園」，呼應芭的內心想法。〈海濱墓園〉是由法國象徵派詩人保爾．瓦雷諾所撰寫，大意可用詩作中一句作總結：「風起了！……總得試着活下去！」全詩寄托我們要為未來而活，要為自己努力生存。套入故事中，芭拉着「我」會面潘時，已經得知懷上嬰兒。此行目的是與潘作出商量，考慮為愛人或是自己而作出抉擇，陷入兩難局面。最終她選擇自己的未來，為自己而活，看出芭開始步入女性自主意識的第四、五期。

筆者認為最重要的線索，是芭與潘於討論所得出的邏輯。「我」只能從旁搭上一兩句，主要討論者仍是他們兩人。邏輯所得，可以感覺到討論是由男方主導，需待在家中，美其名「養胎」，實為限制了作出選擇權利，並且規範了生小孩是女性生命中必要過程及責任。得出的結論並非芭所期望，於是在自己與愛人間，判斷甚麼是對自己最佳的決定，亦遵從了〈海濱墓園〉所歌頌的為自己而活，為未來而努力，放棄愛人的無奈。故事結尾，「我」與巴亦照自己意志，成為了心目中所希望實踐的形象。

結尾部分，芭訴說着受到變態男人的搭訕，只要答應讓他摸一下大腿，就送芭一杯茶，而芭確實手執最愛喝的茶。故事看似將當日女性自主的佼佼者塑造成隨便之人，當然以筆者理解，這只是一個黑色幽默，並不是意指芭成為因利益出賣自己等低俗之人。作者以此作結，表達出芭對於女性自主意識之高，經由自由意志作思考之根基，無需再為愛情無奈而煩惱同時，亦能作出符合自己的決定。

秀實視此小說集為實驗性質，以不同表達方式嘗試為小說打開新大門。當中某部分筆者認為呈現手法實屬有趣，嘆為觀止。例如於〈三城之慾〉中描寫的情慾部份形容得生動有趣，又不失詩意之美，其意象亦充份出現於讀者眼前。其功力深厚，令人佩服萬分。前文所言，集內探討的價值觀極富啟發性，亦為我們揭開城市真實樣子，值得讀者一一細味。

注釋

1 邱珍琬，〈大女人的故事——一位女性的性別自我與覺察〉，《逢甲人文社會學報》第16期（2008年）：頁275。

當被窩成為蛇的牢籠

余城旭

自從《婕詩派》初次認識秀實，便感於其「情」。「婕詩派」講求以仔細的長行書寫，擷取詩意縹緲的內蘊。讀《被窩裏的蛇》前，不禁預期會讀到許多「情」與「慾」—— 秀實文字的「慾」是顯露卻內斂的，誠如書名一般。豈料讀後，較之情慾，竟更感於諸篇彷彿被囚禁的壓抑。

《被窩裏的蛇》的「牢籠」大概可分為有形與無形兩種，而有形者往往是無形者之某種象徵與投射，舉數個例：〈遇虎記〉中華南虎王於山野竹林，卻化身成葵花家裏豢養的Bella，「苟渡餘生」；〈春到桃隴〉則直接從地名着手，「隴」與「籠」、「櫳」同音，暗示婚姻對於情慾的囚禁；〈澳門三部曲〉的貓熊館、書店、牌匾上被捆綁的惡魔，都以建築困住人、事、物，諸如此類，書中隨處可見。此類囚籠，似乎都與「都市」脫不了關係，眾多角色被置身於各個故事「大觀園」式的有限舞台上，不自由地放任自由，對現實、對情慾作出反應。而背後無形者，同樣也令讀者感到是「都市的」囚牢，例如婚姻。書中屢見不同類型的婚外情、三角戀，凡此種種，都是很現代的描寫。在有形無形的「消極自由」(negative freedom)下，角色反應各呈異趣，使全書頓成人性萬花筒。

然而，秀實顯然並未滿足於描寫一些現代都市的男女情慾，反而似是要對情、慾本質進行詰問。整本讀來，故事裏這些「不道德」的情慾，又有誰能批判是虛情假意？最教筆者印象深刻者，當數〈二十六個字母〉及〈春到桃隴〉。〈二十六個字母〉的X搬到城市之外的新界村屋，「建了一個象園」，多番波折後因為這頭象，離間了C和P，並追上了P，於故事結末「兩人已走在一把雨傘底下了」。X在牢籠以外的地方建了不甚牢固的牢籠，藉這個牢籠裏躁動不安的不穩定因素拆解了C和P的牢籠，卻又建起自己與P的牢籠來了。如此讀來，

秀實其實是借各種「牢籠」的意象，諷刺並質問感情的脆弱。而〈春到桃隴〉蘇三夫婦疏遠已久，終於各自出軌，秀實於結尾寫：「……她知道，這只是開始，而她不敢去想，結局怎樣。此時蘇三酒後的一句話，浮現在她腦際間，『相士說，我將會有第四任老婆。』但她一直沒對蘇三說，也是那個天道館的相士說，『你命犯桃花，得再嫁才有幸福。』」

蘇三曾於酒後（只不知是否口吐真言）道出相士說他會有第四任老婆；而蘇三太太沒有與蘇三提起那相士對她說要再嫁才有幸福。如此劇情，明顯是出於對婚姻的諷刺，卻又隱含人對情慾的盲目，甚或對一些虛無象徵的追求，不然為何必須再娶再嫁？秀實從牢籠的囚禁與壓抑引申人對於情、慾的追求、順從與壓抑，格局之廣，實遠超其篇幅。

被窩裏的慾望密碼：

評秀實《被窩裏的蛇》

李沛廉

讀秀實老師的《被窩裏的蛇》小說集，書中充滿着各式各樣的美女和怪奇事情，如夢似幻，看罷令人不知真假，只覺回味無窮。

《被窩裏的蛇》奇在是一所動物大觀園，綜觀全書，不乏鳥獸蟲魚的蹤跡。牠們通常是一個個代表慾望的符號——在〈三城之慾〉中，H城裏，P和C吻得「如蛇的舌頭相互糾纏」，而C在交合時的姿態「如一隻欲跳躍狀的青蛙」；S城裏，「黑色的珊瑚枝」和「黑色的水母」是男女的性器；另一個S城裏，C變成了一尾魚，「她的乳房和私處開始長出鱗片，而雙腿的部分蛻變成魚尾巴」，之後P變成了另一尾魚，P和C兩尾魚「相擁着，並把頭埋進對方的尾巴處」，而「善唱的鳥」所發出的聲音正正是男女歡愉時忘我的喚叫。在〈芭比娜的故事〉中，潘朵拉是「彆扭的公狗」、「一頭披着羊皮的狼」，耽於肉體上的放縱，沒有絲毫的道德責任心。在〈被窩裏的蛇〉中，豐腴斑斕的大蟒蛇鑽進「我」的被窩向「我」求歡，撩動「我」的情慾幻想。在〈電話亭〉中，「黃蝴蝶」是儷洛，是引起「我」無限懷緬的可愛女子。在〈貓〉中，貓是慾望的見證者，凝視着主人彼德發洩慾望的方式，彼德的慾望在貓面前表露無遺。在〈紫色長袖衣〉中，鹿是紫，她「散落的頭髮就如一雙凌亂的鹿角倒映在河裏」，是「我」那記不真切卻又念念不忘的夢中情人。在〈知介與浣華如不曾發生的穗園記事〉中，蝴蝶是內褲，當蝴蝶飛走，則表示浣華選擇與「我」共度春宵，分享那禁忌的「果實」。

動物的出現，往往標誌着慾望的萌生，而慾望是如此的鮮活，如生命般一發不可收拾。須予以留意的是，人亦是這動物世界裏的一員，大家都是披着獸皮的色慾男女，對性原始的渴望，跟禽獸實乃別無二致。故事中的動物形象多變，或似〈被窩裏的蛇〉中擁有橙藍色斑紋

的大蟒蛇般具體鮮明，又或似〈紫色長袖衣〉中的鹿一樣模糊不清，不變的是，牠們揭示的很多時是異性相吸的強大引力。

然而，無論是〈遇虎記〉裏受驚了的猴群和頭八十五度側着的猛虎、〈襲擊貓熊〉裏表現出攻擊性的貓熊、〈二十六個字母〉裏被養在芭蕉林圈的暹邏幼象，抑或是〈被窩裏的蛇〉裏沉重美艷的大蟒蛇，都逃不過要躲藏、被豢養的命運，乃至走向消逝。

在〈遇虎記〉中，「我」本欲尋訪桃源，豈料遇上一群慌忙逃竄的猴子。使猴群「落荒而逃」的不是齊天大聖，而是額上有「王」字斑紋的震山華南虎。華南虎雖具霸王氣派，卻不可為所欲為；為逃避世人獵殺，猛虎竟化身為一頭短毛貓Bella，於人類的家中寄居，苟且偷生。當萬獸之王淪為被人飼養的幼小「毛孩」，就猶如被折斷堅實的脊樑，喪失其作為王者的尊嚴。〈遇虎記〉展現了一條食物鏈：猴子↓老虎↓人。猴子避難，老虎黯然隱居，「我」尋桃源不遇，三者雖有強弱之分，卻同是大觀園裏不得志的動物。

在〈襲擊貓熊〉中，貓熊雖然「雙眸在月色下發出利刃般的光」，擺出一副要攻擊「我」和惠兒的架勢，卻不堪一擊，被「我」投擲的兩瓶礦泉水擊中後，便「往竹林那邊遁去」。貓熊由施襲者變成了受襲者，先是經歷被囚禁，後受到入侵者「我」和惠兒挑釁；其奮力反抗，惜無功而還，只好悻悻然敗走，武者氣勢蕩然無存。「我」的遭遇也不見得好，惠兒總是提出百般無理的要求，「我」縱不願答應，卻終究屈服於她的淫威之下，導致「我」幾乎「成為貓熊爪下的亡魂」。處於這段地位懸殊的愛情關係中，唯唯諾諾的「我」，何嘗不是另一個受壓迫的囚徒？

〈二十六個字母〉裏的暹邏幼象E，雖是養在糧食充足的錦繡園，但被一排又一排的「矮鐵欄」、「牢固的欄柵」、「芭蕉樹」所包圍，失去了最可貴的自由。X為了喜歡的女生C，不惜橫刀奪愛，背叛他的好友P，甚至「摒棄一切酬酢」，病態地投注全部心血去養育E，使慾望不斷膨脹；E是慾望，同時是一面鏡子，折射出慾望所誘發的人性陰暗面。X一葉障目，只求P和C在投餵E時「樂極忘形，忘形生悲」，迷失自我，與被重重圍困的E並無不同。

〈被窩裏的蛇〉裏的大蟒蛇花枝招展，牠來得張揚、轟烈，在被窩裏肆無忌憚地挑逗着「我」，卻在彈指間「消失得無影無蹤」。大蟒蛇的出現，令「我」以為終於可進入玉衡「那神秘的領域」，惜蟒蛇只是曇花一現，「我」始終不解玉衡說話的所指，唯有癡癡地無了期般等待。

如果說《聊齋誌異》是作者寄託慾望的載體，是蒲松齡為了補償自卑心理而幻想出來的烏托邦 ，用以填充在現實求而不得的空虛[1]，那麼《被窩裏的蛇》則是一部探討慾望的過程和意義，以及直指夢想與現實之間存在差距的誠意之作。《聊齋誌異》裏出現得最多的動物肯定是狐狸，其中多數更是雌狐，像嬌娜、青鳳、紅玉、巧娘、蓮香等風流繾綣的貌美狐女。故事中身為書生的男主角定必獲得圓滿結局，與溫香軟玉長相廝守，財色兼收。至於在《被窩裏的蛇》中，則經常會事與願違。〈芭比娜的故事〉中那個看似兼備「蜂蜜的甜，菊花的雅，綠茶的正氣」的潘朵拉，不過是一個人面獸心的偽君子，數載的溫馨到頭來難免曲終人散。〈電話亭〉中的「黃蝴蝶」早晚會離開電話亭，而「我」和儷洛到底還是不能破鏡重圓。在〈知介與浣華如不曾發生的穗園記事〉中，「我」和浣華的相處如魚得水，但由於她是有夫之婦，這注定我們之間存在過的只能是一場「不曾」發生的情事。

被窩裏的蛇稍縱即逝、說「保護我跨過懸崖」的鹿一閃而過，可見秀實熟諳美好事物終會流逝的必然性，並透過這些故事的字裏行間向讀者娓娓道來。

秀實更活用桃花意象，把慾望的意義表達得淋漓盡致。在〈春到桃隴〉中，鄧何為與蘇三太太幾經內心的拉扯，最後相繼地走往那片幽靜隱秘的桃花林，偷嚐禁果。他們的下場如何，猶未可知，但求此刻不負春光、忘形盡興。在〈那只是禮貌性的笑容〉中，儘管依寧因為爭風吃醋，與凌禕吵得不可開交，但在面對彼此的赤身露體時，依然誠實反應。二人「隨即倒在湖水藍的絲綢床褥上」，房事之激烈令依寧桃紅的趾甲不止搖動，彷彿「片片落下的桃花」。桃花呈現的桃紅色也在篇中頻繁亮相，點起一把把慾望之火。在〈三城之慾〉中，P和C時不時偷偷摸摸地去鬼混，而熱情奔放的C身穿的衣服便是「季節的桃紅色」，其雙唇塗上亦是桃紅色的唇膏。在〈寢室〉中，吊掛着桃紅色女裝連衣裙的衣櫃旁邊，是昨晚翻雲覆雨的蔡宏和「我」。當我們在早上醒來，僅僅一下對視，瞬間又有默契地再度投入床笫之歡。在〈兩個徽章〉中，暴雨下，彼德在巴士上碰見一名濃妝艷抹的少婦，對方「那三分二截大腿的白皙，襯托桃紅皮包與柳綠西裙間，格外誘人」，看得彼德心猿意馬。彼德殷勤地為少婦帶路，殊不知這令人驚喜的艷遇只是過眼雲煙，女方原來是國際洗黑錢集團的成員，雙方的情感發展隨着少婦被警察拘捕戛然而止。《幽明錄》所誌的劉晨、阮肇桃源遇仙本是露水情緣，《被窩裏的蛇》中的男女情色也不例外，如同絢麗艷紅的桃花，雖盛極一時，卻難逃終須凋謝零落的結局。

掀開書的被窩，撲面而來的是濃郁蔥蘢的「人味」，其中登場的蛇、蝴蝶、P、C、青蓮、「我」……實質是一個個有血有肉的代號，這些代號可以是動物，甚至是僅僅一個簡單的英文字母——總之，每個能

指都不約而同地指向同一個所指——一切追逐慾望的有情眾生。伊甸園裏的亞當和夏娃，明知代價是「死」，仍義無反顧地吞下善惡果;〈牌坊上的秘密〉裏的「我」，縱然面對「面目猙獰」的恐怖魔鬼，也選擇視若無睹，繼續享受與惠兒盡情地接吻。慾望滋長蕃盛，使癡男怨女無不為之瘋狂，即使萬劫不復，都甘願前仆後繼地飲鴆止渴。

注釋

1 筆者曾以心理學角度立論，對《聊齋誌異》中的婚戀故事進行文本分析，從而探討蒲松齡之創作動機，詳情可參考拙作：李沛廉，〈失意書生的理想鄉——從《聊齋》婚戀故事男女形象看創作動機〉，《蒲松齡研究》第4期（2019年）：頁44-55。

向左走，向右走：

秀實〈襲擊貓熊〉黑白講

余境熹

I

字面不是寫性但使人聯想到性，這是創作和閱讀文學時不難遇見的情形[1]。秀實小說〈班婕妤〉、〈被窩裏的蛇〉等，均屬顯例，而「澳門三部曲」之一的〈襲擊貓熊〉雖說是隱藏得較深，卻一樣潛伏着男女情慾的訊息。

〈襲擊貓熊〉的情節並不複雜：惠兒想要偷偷進入已經關門休息的貓熊館，「我」起初不贊成，但到底拗不過她，只好和她一同冒險；之後二人遇上走出籠外的貓熊，惠兒差點兒被追上，幸好「我」用礦泉水瓶擊退貓熊，總算是有驚無險。

「謎」在小說文本是舉足輕重的，有着喚起讀者好奇心，引人持續閱覽的特別功效[2]。然而，秀實並未著力在情節上讓「謎」保密：「我」和惠兒待要爬進貓熊館時，秀實便寫「惠兒這句話，竟然成了後來我們間生死訣別的關鍵」，明示將要發生危險的事；尚未遇着貓熊，秀實就洩露「馬上我們會被一隻體重約150公斤的大貓熊襲擊」，劇透了後文。這不，〈襲擊貓熊〉的標題早早就預告了一切。從這點看，〈襲擊貓熊〉的「謎」並不是常見的：「情節將如何發展？」而是關乎：「在看似簡單的情節之流裏，實際隱藏着哪些秘密的訊息？」

以下嘗試給出一種詮解，是荒誕不經，或邏輯自洽，且由讀者續行判斷。

II

「貓熊」是動物，牠象徵的是人的野性。惠兒之要「我」一同往訪「貓熊」，其實是指要跟「我」魚水交歡，共享飲食男女的慾望快感。小說開初說貓熊館已「閉館」，意思即需要休息，暗寓「我」實在太累，無心跟惠兒進行人與人的連接。「我」對惠兒說的：「今天去不了，明天早上去吧」，彷彿就是夫妻情侶間的「今晚不了，明天再做吧」。為打消惠兒的興致，「我」還特別「抱着腰伏在桌子上」，遮蔽住下身，無奈惠兒需索不止，說道：「要不今天見到貓熊，要不以後都見不到你！」她以分手威脅，「我」因而不得不挺起精神，勉力迎合。

「我」答應惠兒的要求，於是先到泰式餐廳吃飯，補充體力，然後由惠兒「開車逕往貓熊館去」。「逕」，就是直接，惠兒一心直奔肉身結合的場地，全速馳過了「波浪形的跨海大橋」。先不說「開車」一詞在當下網絡文化中的情色意味[3]，橫度「跨海大橋」本身就象徵着逾越理性的防線。春心正「波浪形」起伏的惠兒，早已完全撇下了矜持。

相比之下，「我」倒是還在猶豫。當車輪壓在跨海大橋上時，「我」就給惠兒建議其他活動，說希望「改到黑沙灘賞月」，意思是傾向「去看」，而不願摸進貓熊館做惠兒愛做的事，以免暴露成「被看」的對象。在此處，秀實巧妙地埋下「左」和「右」的對比：「我」提議到黑沙灘，因為「一輪明月分分明明的掛在右角落」，右方乃象徵理智；惠兒卻即時拒絕，架着「賓士房車在圓盤左二的路口拋出」，毅然決然地竄到「筆直的馬路上」，不再給「我」扭轉的機會，終於「貓熊館的綠色標誌牌」也是「出現在左側」。顯然，左方是隱喻能驅動情慾的獸性本能。發展至此，「我」能做的就只是「帶上礦泉水」，其意將於後文闡明。

對情緒高漲的惠兒來說，貓熊館的環境確也理想：「除了幾盞幽暗的燈火外，整個園區漆黯一片，僅能約略分辨到樹叢與路徑。」它既可滿足惠兒在公眾地方玉體橫陳的渴望，亦因光線晦蒙，似乎能掩護她與「我」的舉動，保障二人的隱私，是以她「顯得很興奮」。「我」卻仍不放心，向惠兒指出他人目光的存在：「會有值班警衛哩！就在門口看看，便回去吧。」他勸惠兒「在門口看看」，有了在戶外尋求刺激的少許緊張感即宜剎掣。「我」同時強調：「你在大學工作，這種行徑被人知道不好吧！」大學殿堂是理性的象徵，而到貓熊館把愛做出來「這種行徑」一任本能，又有「被人知道」的危險，勢必影響聲譽、前程，在文明社會裏實難說是明智之舉。

無奈，惠兒只以一句「無膽匪類」來回應訴諸理性的「我」，就催「我」快點爬進貓熊館。「我」說道：「乖乖，我請你去吃糖水吧！」糖水是甜的，意謂男女之間還有其他甜甜蜜蜜的選擇，不必這般幕天席地翻雨覆雲。主導形勢的惠兒微嗔：「你不進去嘛，我自己進去。」此「進去」是否有更複雜的情色訊息，見仁見智，而當時「我」就「慌忙」起來，怕惠兒單獨進館更加乏人保護，容易洩盡春光，被可能遇見的陌生人佔盡便宜[4]；惠兒既不肯點到即止，「我」只得匆忙答應：「我與你一塊爬進去」，要伴隨她共同進退、出出入入成雙。

像是害怕讀者看不見情節另有所指，秀實拋出了不合常理的補充：「原來惠兒已經查探過貓熊館晚上五時關閉，只有一個警衛留宿。但當值的警衛都住在警衛室，不會出來巡視。」乍看之下，這段文字是在說明惠兒為何能順利闖入貓熊館；但想深一層，若果惠兒只想看看可愛的貓熊，她又何必大費周章去「查探」，去摸清警衛的活動情形呢？她在白天、在「查探」的時候就常常能見到貓熊了，也許還看得膩了呢。秀實真正要告訴、提醒讀者的是：惠兒所縈掛的，從來都不是那一兩頭胖嘟嘟的熊科動物，她是渴欲「野性」，背後大有文章。

III

可以看出，惠兒全力慫恿「我」一起到貓熊館做壞壞的事，「我」則是無可奈何，被逼就範。然而在攀過欄柵之後，「我」和惠兒的立場有了微妙的轉變。如前所述，小說的「右」代表理性，「左」則代表本能[5]。惠兒進貓熊館，乃是選擇大門的右方，「踏着右邊的貓熊（裝飾），一下子翻過去了」，而「我」則是「在跳下地時，左腳扭傷了」，即使勉強站起，也只能「一拐一拐地走着」，寓意「我」對本能已經失去控制。

突然間，進了貓熊館的惠兒生起「疚歉」，自責「任性」，「與剛才車上的判若兩人」；「我」倒是變得「認真」，語氣肯定地說：「你想看貓熊，我一定陪妳」，甚至反過來催促惠兒：「我們要去看貓熊了！不然牠們都睡覺去了！」簡單理解，是「我」與情人跨過「欄柵」這一條線，真的要肉體相接時，女孩子惠兒畢竟禁不住害羞，於是改變主意，只圖裸裎一下，不想直抵本壘；然而性致被挑起的「我」卻是雄心勃勃，硬朗如鐵，頂天立地，寖有一發不可收拾之勢。

由此開始，小說以高度暗示的筆法，描繪出「我」是如何靈肉交戰，既要不逾矩，又想從心所欲地完全佔據惠兒的內裏。「我」知道，抵達獸性的目的地實在需要先「經過一個竹林和一座鳥園」—— 疏密可供穿行的「竹林」喻指女陰，「鳥園」則是代表陽具。這是說，交合必須先徵得、「經過」雙方同意，「我」明白不可用強。

因此，「我」和惠兒初時只是卸下部分衣物，以肌膚感受「天階夜色涼如水」的「涼意」，「不發一言地走着」。惠兒因有點靠近自身的暴露願望，「享受野外的寧靜與舒適」，故而「心裏滿是興奮」，「我」

則因垂涎惠兒的美色，血氣上湧，同樣地心頭「滿是興奮」。只不過，「我」跟惠兒仍盡量「放鬆身心」，避免激情不可控勒。

但要雄性荷爾蒙正常的「我」一直忍住，又談何容易？小說利用平行法，寫之前「關在籠裏的貓熊」已被「放養在園區」，形象與最初拘謹、現在坦然在貓熊館走動的「我」疊合，透露「我」的野性是再也關不住了。

〈襲擊貓熊〉以下的句子：「貼着竹林邊緣的小路上前行」，是指「我」的下身挨向惠兒的「竹林」，即女陰；由於「貼着」摩擦，惠兒能感到「黝暗中若有移動的物體在其中」。然後「我安慰惠兒說，不要怕」，就情節而言，是叫惠兒不用擔心貓熊現身，實際意思卻是安撫緊張的惠兒，叫她不用怕「我」鼓脹得雙手也把握不住的龐大慾望。接下來，「惠兒呀了一聲……我感到她沾濕了的肌膚」，毋庸費辭細解，他二人差不多要水到渠成了。可是，惠兒猶自以「右手緊緊地握着我」，用「右手」代指的理智控握住躁動的男體，請「我」別再越雷池半步。

為了示意刺激的活動告一段落，惠兒「愈發靠近我，身子幾乎要倒在我懷裏」，用上半身的依偎，令下半身能騰出安全距離，策略與小說開頭男方「抱着腰伏在桌子上」異曲同工。「我」也心領神會，知道惠兒不想「我」單刀直入破開「竹林」。「我」沉思：「若是平日在房內，我會順勢摟着她，讓她好好地歇息」，就此打住。但此時並非「平日」，「我」和惠兒也不在「房內」，深宵戶外的背德感讓「我」不那麼願意垂頭放下。

怎麼辦呢？「我」心中的「貓熊」—— 野性已在張牙舞爪，在理性與衝動之間掙扎的「我」，一方面是右手「掏出了一把雨傘來」，盡力抵擋洶湧的愛；一方面是左手「握着惠兒」不放，以進可攻的姿態，隨時撕下文明人的面具，縱放「貓熊」，奔進惠兒的花徑。小說寫道：「貓熊站立起來，便是作出攻擊的先兆」，這「站立起來」的「貓熊」到底是指男性的哪個器官，答案呼之欲出。

貓熊館的敘事來到尾聲，「我」嘗試「把惠兒壓到我身後」，以免敏感部位繼續「貼着」她「竹林邊緣的小路」。「我」凝注精神，把抵抗慾念的「雨傘」張開，與內心的「貓熊」展開「對峙」。可惜，其心靈固然正派，凡軀卻軟弱了，「身體總是左右搖擺着」，在理智與本我的角力中定不下來。

結果高潮一幕，「我」的「貓熊」脫開制約，「直朝惠兒撲去」，令惠兒的身體被迫「逕往鳥園奔去」，與男性之「鳥」縮短距離；「我」的腦袋雖仍有「持着雨傘緊隨在後」的設防之念，理性卻已屈服，「右爪上」都「纏着惠兒一截白布裙來」，不再能反抗原慾了。如是者，受挾的惠兒不得不「爬上那個巨大鸚鵡籠上」，等待與「鳥」相合的命運，而她「露出我稔熟的白皙大腿來」，更加刺激「我」的「貓熊」向上挺進。

幸好，「我」的理性雖一度「頹然跪在草坪上」，貌似難以復振，但小說安排「一瓶礦泉水從我背囊滾出草坪」，令「我猛地醒悟過來」。於此，「背囊」隱喻道德包袱，「礦泉水」則衍義「澆冷水」。「我」拾起水瓶擲向「貓熊」，「不偏不倚，正擲中牠的鼻子上」。「鼻」的古字就是「自」[6]，在文學作品中經常隱指自我[7] ——〈襲擊貓熊〉的意

思是，「我」向慾火熾燃的自身猛澆一盆冷水，急急剎停「蓄勢待發」的「貓熊」；「貓熊」還想「疾奔」，「我」立即再「掏出另一瓶礦泉水來，朝貓熊的額頭又是一擲」，終於令「貓熊」敗走「遁去」。一切恢復平靜，「我」乃抱起受了點驚（而不是受精）的惠兒，離開貓熊館。所謂「彷彿一切未曾發生過」，就是說「我」力保底線，沒有粗暴進入起初主動引誘、後來不願合歡的惠兒，避免了侵犯強暴的惡名。

事後，僅是「擦傷」的惠兒和「我」到醫院候診。「我」自自然然地「輕撫」惠兒，惠兒則害羞地唸：「這兒人多，別人看到多難為情哩！」化身情聖的「我」卻答以：「又不是沒有撫摸過……還有甚麼好怕的。」是的，他們在貓熊館裏已做了比「撫摸」更親密的事，又試過暴露，「歷劫滄桑」，膽子大了，或許真能對「別人看到多難為情」一笑置之。這段對話，實在頗有弦外之意。

小說的結局，惠兒讚「我」是「打貓熊英雄」，堪比坐懷不亂的柳下惠（前720-前621）[8]；「我」卻「微笑猛搖頭」，深知這全因「另一隻貓熊仍在籠裏玩着繩網，來不及出來」，自己的本能沒被完全釋放而已。否則，「我」與惠兒的名譽也好，關係也好，恐怕都要「成為貓熊爪下的亡魂」，難以補救。警衛朋友最後的話：「有時，玩耍也有它的重要性」，仔細想來，又可指「我」和惠兒到貓熊館冒險「玩耍」，因為「玩」得沒算過火，戀情倒有了進展。

IV

綜而觀之，秀實〈襲擊貓熊〉的亮點並不在情節，而是在作家通篇驅使「實用語」，內裏卻別有洞天，句句是「藝術語」，需要讀者發揮想像，去破解其背後之所指[9]。文本有虛實的結合，像「進入貓熊館」既能指選擇某個特定的公眾空間，又能指實現暴露的願望；有變化的隱喻，如「貓熊」可指激情，又能指男性昂揚的分身；有細微的寄意，像是「賞月」代表去看而非被看，「波浪形」代表春情蕩漾，「跨海大橋」和「欄柵」代表心理界線，「筆直的馬路」代表堅定想法，「雨傘」代表抵擋情慾，「大學」代表規範，「背囊」代表道德，「礦泉水」代表冷靜等；更有穩定一貫的象徵系統，如頻密出現的「左」本能、「右」理性以及「竹林」、「鳥園」之類[10]。其紛繁多姿，足供讀者再三細味，當然更歡迎不同於上文的詮釋。

注釋

1 湯瑪斯．佛斯特（Thomas C. Foster），《教你讀懂文學的27堂課》（*How to Read Literature Like a Professor*），張思婷譯（新北：木馬文化事業股份有限公司，2011年），頁185-204。

2 羅蘭．巴特（Roland Barthes），《S/Z》（*S/Z*），屠友祥譯（上海：上海人民出版社，2000年），頁83。

3 延伸閱讀及議題討論，可參考王鈺，〈淺析互聯網「污文化」的傳播及對策〉，《採寫編》第6期（2016年）：頁44-46。

4 段義孚（Yi-fu Tuan），〈經驗空間中的時間〉（"Time in Experiential Space"），《經驗透視中的空間和地方》（*Space and Place: The Perspective of Experience*），潘桂成譯，修訂一版（臺北：編譯館，1999年），頁120。

5 秀實如此描寫貓熊館的入口：「欄柵不高，左右各鑄上一塊貓熊形狀的裝飾。左邊那隻是坐着啃竹葉，右邊的也是坐着，沒事幹，眼睛瞪着前方。」左邊的貓熊以食慾轉喻色慾，而右邊貓熊的「瞪」，是指理智會監視着本我的衝動。

6 許慎，《說文解字》，徐鉉校定（北京：中華書局，1963年），頁74上。

7 可參考Edgar Allan Poe, "Some Passages in the Life of a Lion (Lionizing)," *The Edgar Allan Poe Collection* (London: Arcturus Holdings Limited, 2017), pp.39-44；芥川龍之介（AKUTAGAWA Ryunosuke），〈鼻子〉（"The Nose"），《羅生門》，黃瀞瑤譯（新北：野人文化股份有限公司，2015年），頁51-63；周芬伶，《雜種》（臺北：九歌出版社有限公司，2011年）。

8 左秀靈編著，《實用成語辭典》（臺北：臺灣商務印書館股份有限公司，1999年），頁136。

9 鮑里斯．托馬舍夫斯基（Boris Tomashevsky），〈藝術語與實用語〉，張惠軍、丁濤譯，姜俊鋒校，《俄國形式主義文論選》，維克托．什克洛夫斯基（Viktor Shklovsky）等著（北京：生活．讀書．新知三聯書店，1989年），頁83-84。

10 雷．韋勒克（René Wellek）、奧．沃倫（Austin Warren），《文學理論》（*Theory of Literature*），劉象愚、邢培明、陳聖生、李哲明譯（北京：生活．讀書．新知三聯書店，1984年），頁204。

城市的慾望　被窩裏躲藏——
秀實小說評論

編者：李沛廉、林懿秋
作者：姜豐、陳俊熙、青山雪兒、夕下、
余城旭、李沛廉、余境熹
書刊設計：Ming Pun

出版：初文出版社有限公司
manuscriptpublish@gmail.com

紙藝軒出版社
sales@paperhouse.com.hk

印刷：柯式印刷有限公司
香港北角屈臣道4-6號海景大廈B 座605室
電話：(852) 2565-7997
傳真：(852) 2565-7838

發行：香港聯合書刊物流有限公司
香港新界大埔汀麗路36號
中華商務印刷大廈3字摟
電話：(852) 2150-2100
傳真：(852) 2407-3062

海外總經銷：貿騰發賣股份有限公司
地址：新北市中和區中正路880號14樓
電話： 886-2-82275988
傳真： 886-2-82275989
網址： www.namode.com

版次：2023年12月初版
ISBN：978-988-76931-7-8
定價：港幣120元　新臺幣480元

Published and printed in Hong Kong
香港印刷出版

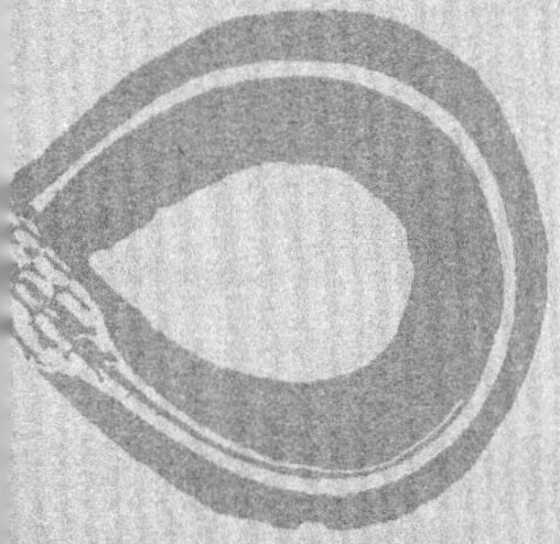

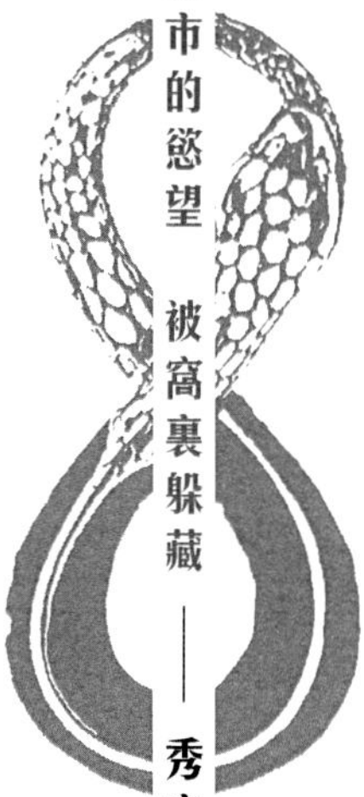

城市的慾望　被窩裏躲藏——秀實小說評論